新潮文庫

検事 霞夕子

夜更けの祝電

夏樹静子著

新潮社版

7284

目次

検事　霞夕子　夜更けの祝電

橋の下の凶器

1

洗濯機などの置いてあるバスルームの横を通り、もう少し廊下を進むと、離れのドアに達する。風が出てきたのか、それが窓ガラスを打つのと同時に、古い邸《やしき》の梁《はり》や柱までがかすかに軋《きし》むような音をたてた。

城崎治子《きのさきはるこ》は、木のドアを二、三度軽くノックした。強すぎず、弱すぎず。返事はなかったが、そっとドアを開けた。

中は広い洋室で、右手奥には仕切りなしでベッドが置かれ、枕元《まくらもと》のスタンドが点《とも》ったままだ。今年七十三歳になる大学名誉教授の城崎克臣《かつおみ》が、造作の大きな、日灼《ひや》けした健康そうな顔を掛け布団《ぶとん》からのり出すようにして眠っている。右手をベッドの外へ垂らし、顔の横には英文の雑誌が開かれたままで、彼は老眼鏡も必要とせずにそれを読みながら眠りに落ちたのだ。その時刻も大抵午前零時前後と決まっていて、それから三十分ほどの頃合いを見計らって、様子を見に来、布団を直してスタンドを消し、戸締りを確かめて立ち去るのが、姑《しゅうとめ》の死後六年続いた治子の習慣であった。

今夜の彼女は戸締りから見て回った。入って左手は庭に面した四枚のガラス戸だが、きちんと施錠され、カーテンが引かれていた。隙間《すきま》から暗い庭が見え、植木が風で揺れている。

治子はベッドへ歩み寄った。九月も残り二、三日となり、夜の冷え込みが感じられるから、もう少し厚めの布団に替えてやる頃だと、これもきわめて習慣的に考えている自分に、治子は一瞬不思議な気がした。

覗《のぞ》きこむと、やはり舅《しゅうと》はぐっすり寝入っていた。日頃から眠りの深い人だが、今夜はなおさらだろう。

治子は宙にはみ出している彼の右手を取った。それを布団の中へ戻し、スタンドの紐《ひも》を引いてこの場を離れれば再び習慣通りなのだが、今夜はちがっていた。

彼女は舅の右手を上向きにして、スタンドの光にかざして眺めていたが、いったんそれを放した。

部屋へ入りかけてドアのそばに置いてきた空色のプラスチックの桶《おけ》を、ベッドサイドへ持ってきた。桶の中には、大きめの果物ナイフと、カミソリが一枚入れてあった。

彼女は再び舅の右手を取ると、自分の右手にはカミソリを持った。老人の部厚い人差指の腹に、スッとその刃を滑らせた。赤い線がゆっくりと膨らみ、血が盛りあがって、滴《したた》り落ちる。それを、桶の中に置いた果物ナイフの刃で受けとめた。数滴も刃に落ちると、今度は木の柄に落ちるようにした。使い古してあちこちに穴や窪《くぼ》みのできている柄に、十分に血を染みこませた。時々彼の寝顔を窺《うかが》うが、最初にちょっと動いただけで、目を覚ます気配はない。今夜も習慣通りベッドへ入る前に彼が飲んだホットチョコレートには、服《の》みつけない睡眠薬が多目に溶かしこんであったのだから。

出血は少しずつおさまってきた。その指先を、彼女は枕元の雑誌の頁《ページ》に触れさせた。上質な紙の端に、わずかな血痕《けっこん》が付着した。

やがてすっかり血が止まった。その手を自然な形で枕のそばに置くと、今夜の治子の仕事はおよそ終った。

スタンドを消しても、カーテンのない小窓から流れこむわずかな光で、室内は真暗ということはなかった。

血のついたナイフとカミソリを入れた桶を持って、治子は静かに離れを退出した。

2

夜半の風はおさまり、植木の雑然とした庭先に、さわやかな秋の陽射《ひざ》しが充《み》ち溢《あふ》れている。

「寝ている間に指を切ったらしい」

右手の人差指を立てた城崎克臣がダイニングへ入ってきたのは、翌朝九時少し前だった。毎朝七時半には起床する彼が一時間以上も寝過ごしたのは、無論昨夜のホットチョコレートが無関係とは思われない。

「あら、どうしてまた？」

朝食を調えていた治子が怪訝《けげん》そうに問い返す。

「雑誌の頁で切ったんだろう。紙にもちょっと血がついていたからな」

「あら……昨夜電気を消しに行った時には気がつきませんでしたけど」

「案外深いみたいだ。薬つけてくれ」

克臣は治子の鼻先へ指を突き出した。

こんな時にはテープを貼《は》るだけではなく、物々しく包帯を巻いてやったほうが彼は満足するのだ。

それがすむと、二人は庭に面したテーブルを挟んで掛けた。治子はいつもの通り、舅が起きてくるまで朝食を待っていたのだ。

洋風の二階家は港区元麻布の閑静な住宅地の中にある上、植木の多い二百坪の敷地に囲まれているので、都会の騒音も直接的には伝わってこない。庭のコスモスを活《い》けた食卓の上にも澄んだ光が射し、二人がたてる皿やフォークの音が時々静けさを破るだけだ。

なんて穏やかな朝だろう。まるで今までと少しも変らず、何もかも嘘《うそ》のような――

治子は心の中で呟《つぶや》く。

姑のスミ子が病死し、治子の次男の隆二が北海道の大学へ入って家を出て以来、気ままな学生生活を送る長男の康一は留守がちで、古い邸は舅と治子との二人暮らしになって、毎日こんな朝を迎えてきたのだった。

そもそも治子が城崎克臣の一人息子明人と職場結婚してこの家へ入ったのは、今からもう二十五年も昔だった。思えばそれ以来、いろいろな出来事はあったものの、治子にとって結局はずっと静かで安定した生活が続いてきたような気がする。ついこの半年ほど前までは――。

出来事の最初は、明人が結婚してわずか六年後、三十一歳の若さで交通事故死してしまったことだ。治子は二十八歳、二人の息子は五歳と三歳になったばかりだった。その時点で彼女は子供たちを連れてこの家を出ることもできたわけだが、サラリーマンだった夫にはこれという遺産はなく、退職金もわずかなものだった。福井県の農家の実家に頼る気にもなれず、となると、治子が東京で二人の子供を育てていくのには相当な困難が予想された。

一方、義父母の克臣とスミ子は、治子たちが家に留まることを望んだし、そうする限りは生活の心配はなかった。もともと城崎家は資産のある旧家で、克臣はこの家と土地と、かなりの動産を所有していた上、当時は名門私立大学の英文学の教授だった。

下の子が小学校へ上る年に、とか、二人が中学生になったら、とか、治子は幾度か独立を計画しながら、ついずるずると、その機を逸してしまった。姑のスミ子が優しい人で、彼女から孫たちを引き離すのが忍びない気もしたし、十年ほど前からはそのスミ子が病気がちとなり、家事の責任が治子の肩にかかってきたからでもあった。

六年前にスミ子が亡《な》くなり、続いて息子たちの大学受験、就職した長男が大阪勤務と決まって出て行き、ホッと息をついて気がつけば、克臣と治子の二人がこの家に残されていた。それが二年半前のことで、当時治子は四十五歳、七十一歳の克臣は数年前に大学を引退して「名誉教授」になって以来、毎日家にいた。

四十をいくつかすぎた頃から、治子はもうこの家を出る意志を失《な》くしていた。とくべつ何の資格も持たない彼女が、今さら好ましい職場を見つけられるとも思えないし、舅を一人で放っておくわけにもいかない。彼はかなり気難しく、ひどく身勝手で手のかかる老人ではあったが、治子の我慢が限界に達する直前で、何とか折り合うことができた。

そして、こんな穏やかな初秋の朝に、黙って朝食のテーブルを囲んでいると、治子はふと、何もかもが嘘のような、平和な気分に浸っている自分を感じた。このまま、あと三年か五年、どんなに辛《つら》くても十年も辛抱すれば……。

しかし――

トーストの最後の一片を飲みこんだあとの克臣の一言が、治子の錯覚を打ち砕いた。

「アパートは見つかったかね」と彼は訊《き》いた。

治子が黙っていると、彼は庭先へ目を移して、なんともいえず楽しげな調子で続けた。

「ぼくたちは、遅くとも来春には新しい生活を出発させたいと考えている。それには十一月くらいから家の改築を始めたいのでね、あんたにもそれまでに引越しておいてもらったほうが、面倒がなくていいと思うんだが。なに、あんた一人住むアパートくらい、その気になればすぐ見つかるんじゃないのかね」

「アパート」ということばが克臣の口から出るたびに、治子は全身の血が逆流するようだ。それは彼女の存在そのものに対する彼の評価を表わしているかのように感じられた。せめて「マンション」といってもらいたい！

その上、七十三歳にもなる彼が臆面《おくめん》もなく「ぼくたち」などというのにも、治子は虫酸《むしず》が走る。

「幸い康一も隆二も遠くにいるのだから、当面はあんただけの都合を考えて選べばいいわけだろう。何度もいっているが、アパートの敷金とか引越し費用とか、当面入用なもののくらいは助けてやるし、隆二の仕送りも今まで通り出してやっていい。あんたが食べていくくらいは、自分の貯《たくわ》えでなんとかなるだろう。一人なら外で働くこともできるんだし。そして息子が二人共社会人になれば、今度はあんたに仕送りもできるはずだ。ぼくがそこまで考えてやっていれば、あんたに対して不人情などという誹《そし》りを受けることはまずあるまいと、ぼくたちは話しあっているんだがね」

治子はさっきから唇を嚙《か》みしめたまま、空になったティカップのつまみを人差指でしっかりと握り続けていた。

「さっそくにもアパート捜しに出かけてみてはどうかね。今日は彼女が設計事務所の者を連れてくることになっているし、ぼくの食事のことは心配しなくたっていいんだよ」

最後はまるで誇らしげにいって、彼が椅子《いす》を立ちかける直前、押し殺したような声が治子の唇をついて出た。

「お義父《とう》さま、もうお考えが変ることはありませんの」

口にするのもくやしいが、あと一回だけ、これが最後だ。

「お義父さまはあの方の外見的な魅力に目が眩《くら》んでいらっしゃるんじゃないでしょうか。でも、お義父さまとあの方の今までの暮しぶりは、あまりにもちがってますわ。あの方は長年水商売をしてらして、それにこういってはなんですけど、その世界でもあんまり評判はよろしくないみたいですね。おまけに二十二も齢《とし》がちがって、そんな人と結婚なさっても、うまくいくとはとても考えられません」

最後のチャンスだと思い、治子は容赦なく畳みかけた。だが、克臣は逆に治子を憐《あわ》れむように笑ってやり返した。

「あんたには彼女の真価がわからないのだよ。まあ、それは無理もないことだが。外見のあの大輪のバラにも似た美しさに比べ、彼女の心は、なんというか、野辺に咲くひなげしみたいに素朴で優しいのだ。そしてぼくという人間を隅々まで理解し、ひたすらぼくの幸せを願ってくれている。ぼくたちはもっと早くに出会うべきだったのだ！」

「いいえ、今からでも遅くありませんわ。もう一度、冷静に考え直してみてください。あの方は今まで三回も離婚経験があるそうですね。お義父さまと親しくなる前までは、今のお店の齢下のバーテンと内縁関係にあって、まだゴタゴタしているとか。だってあの方がその男からお義父さまに乗り換えたんですもの。若い愛人をすてて二十二も齢上のお義父さまと結婚しようという魂胆は見えすいているじゃありませんか」

「魂胆だと？　それはどういう意味だ？」

さすがに彼はムッとしたように大きな鼻腔《びこう》を膨らませた。

「ですからそれは――」

治子《はるこ》はよほど最後までいおうとして、思わず口を噤《つぐ》んだのは、相手を激昂《げきこう》させても益のないことだし、それに、自分自身を顧みてついちょっと気遅れしたせいでもあった。

二人の間にいっとき不穏な緊張がたちこめたが、ふと彼の視線が庭の先へ向けられたかと思うと、たちまちその顔はなんともいえず上機嫌な笑いで緩んだ。庭の奥の木戸を開けて、肥満ぎみの身体《からだ》を華やかなプリント柄のワンピースに包んだ女性がこちらへやってきた。ユラユラとカールさせた茶色い髪を肩に流し、突き出した胸とアイラインで縁取りされた目許《めもと》がちょっとコケティッシュといえなくもないが、鼻の長い大きな顔やその体型のどこにも、バラやひなげしに譬《たと》えられるようなものは見当らなかった。

「お早よう」と、克臣《かつおみ》が高らかな声でいって、テーブルの脇《わき》のガラス戸を開けた。

「お早ようございます、先生」

女は首を傾《かし》げるようにして笑いかけ、治子にも愛想のいい会釈《えしやく》をした。彼女が広尾橋の商店街にあるスナック〈れいか〉のママ野々井怜花《れいか》で、「ぼくたち」の片割れであることは、治子もとうに紹介されて知っている。

「設計事務所の人がもう来られたの」

「いえ、そちらはお昼からなんですけど。近所のパン屋さんの前を通ったら、焼きたてのフランスパンを売ってたもんですから、温いうちに先生にと思って……」

怜花は手にしてきた紙袋をさし出しながら、残念そうに眉《まゆ》をひそめた。

「でも、朝ご飯はもうおすみになったみたいですわね」

「いや、まだまだ……よかったらあなたもいっしょにどう？」

「いえ、私はすませてきましたけど、せっかくですから、後片づけでもしていきますわ」

「とんでもない」

　上りかけた怜花を遮るように治子がいった。

「結構です。それは私の仕事ですから」

　睨《にら》みあった女二人を眺めていた克臣が、ふいにまた妙に浮き浮きした笑い声をたてた。

「あんたたちを見てて、いいことを思いついたよ。治子さんも一人になって、これから職を探すのも大変だろう。いっそ家政婦としてこの家へ通ってきたらどうかね。そのほうがらくだろうし、怜花もずいぶん助かると思うよ、ねぇ、おまえ」

　克臣は肉付きのいい怜花の指を弄《もてあそ》びながら、目尻《めじり》を細めて彼女を覗《のぞ》きこんだ。

3

十月八日は城崎《きのさき》克臣の亡妻スミ子の七回忌の法要をすることに決っていた。治子の息子たちは二人とも前日に帰省する予定だったが、スミ子の妹のトヨ子が三日前からやってきた。今年六十一歳になるトヨ子は、広島で歯科医院を開業している夫や息子の一家と暮らしていたが、東京出身だけに、用事ができればゆっくり日をとって上京して、城崎家に滞在した。その習慣がスミ子の死後も続いているのは、治子に好意を持っているからで、治子のほうでも、亡くなった姑《しゅうとめ》に似てさっぱりして気さくなトヨ子なら喜こんで迎えた。

「そもそもは半年ほど前の四月はじめからなんです。ほら、お義父さまは毎日近所のお散歩をなさるほかに、週に一回は広尾まで足を延ばして、馴染《なじ》みの本屋さんへいらっしゃるでしょう？　その帰りに俄《にわ》か雨《あめ》に降られて、ちょっとのつもりで〈れいか〉に入ったのがなれそめだったらしいんです。それ以来毎日のように通われて、そのうち彼女をここへ連れてきたり、またいっしょに出掛けたり……と思ったら、あっというまに結婚するだなんて……」

トヨ子が着いた翌日の六日朝、克臣と三人の朝食が終って彼が自室の離れへ引きあげたあと、治子はあらましの事情をトヨ子に打ちあけた。隠していてもいずれ知れることだし、万一にもトヨ子の忠告で克臣が翻意してくれたら、という一縷《いちる》の望みも抱いていた。

「たまたま私のお友だちが広尾橋商店街で美容院をやってるもんですから、彼女のことを尋ねてみたら、あんまりいい評判ではないので、それとなく反対してるんですけど、お義父さまはすっかり彼女の魅力の虜《とりこ》になってしまわれたみたいで……」

「そんなことだったの。もともとは気難しい人が、昨夜はやたらと浮かれてるみたいな、妙な様子だと思っていたら……」

トヨ子は真直《まっす》ぐな性格をあらわすような一重《ひとえ》の細い目をしばたたいて溜《た》め息《いき》をついた。

「長い間さんざんお世話になった治子さんを追い出して、そんな女を家に入れるなんて、とんでもない了見ですよ」

「いえ、私は今まで住まわせていただいただけでも感謝しているんです。ですから、それが本当にお義父さまのためになることなら喜こんで……でも、もし不幸な結果になったらと思うと……お義父さまにはなんとしても幸せな老後を送っていただかなくては、私、よくしていただいたお義母《かあ》さまに申し訳なくて……」

治子はちょっと声を詰らせて、うす雲のひろがり始めた戸外へ目をそらした。昨夜から今日の夕方頃まではお天気が保《も》つという予報だったが——。

トヨ子はいっとき思案していたが、壁の掛時計を見あげると、

「あら、もうじき十時だわ。お紅茶の時間じゃないの」

朝食ではアメリカンコーヒーを飲む克臣は、その後たいてい離れで読書を始め、十時になると、治子に濃い紅茶を運ばせる。これも長年繰返された習慣であった。

「私が持っていって、義兄《あに》にちょっと話してみましょう」

「まあ、そうしていただけたら……ぜひお願いしますわ」

治子は縋《すが》るような口調でいって、急いで仕度した。ポットにティバッグ二つを入れて熱湯を注ぎ、マグカップとミルクと砂糖をそえてトレイにのせた。

トヨ子ががっかりした顔つきで離れから戻ってきたのは、それから十分もたたない頃だった。

「だめだめ。うるさがるばかりで、まるで聞く耳持たないんだから」

トヨ子は小太りの腰を椅子に落として、ダイニングテーブルに頬杖《ほおづえ》をついた。

「どんなに学のある人でも、これぱっかりは別なのね。あんなふうでは当分何をいっても無駄かもしれないわねぇ」

治子は顔を伏せて、一度深呼吸をした。

「ちょっと洗濯してきますから」

洗濯物の籠《かご》をさげて、トヨ子と入れちがいに廊下へ出た。

廊下の右手のバスルームの入口に全自動の洗濯機が置かれている。治子はあまり多くもない下着などを中へ入れ、洗剤も加え、スイッチを回すまでにした。

洗濯籠の底にはビニールのレインコートが入っていた。それを着た治子は、小さなバケツを手にして離れへ向かった。

軽くノックしてからドアを開けると、克臣は部屋の中央に置かれた革張りのアームチェアにもたれて洋書を読んでいた。庭に面したガラス戸が細く開かれ、心地よい初秋の風が流れこんでいる。

レインコートを着て入ってきた治子に、彼はちょっと奇異の目を向けた。

「奥の窓ガラスが汚れてますので、お掃除させていただきますわ」

治子がコートのポケットからタオルを取り出しながらいうと、克臣は無関心な表情になって視線を本に戻した。治子は奥へ行く様子で彼のそばまで来て、足許にバケツを置くなり、庭を振り向いていった。

「あら、どなたかいらしたみたい」

とたんに彼は弾《はじ》かれたように顔をあげて、治子の視線を追った。今時分庭へ入ってきたりするのは怜花のほかにいない！

彼はすっかり木戸のほうに気を取られていたから、治子はさほどあわてずにタオルの間から果物ナイフを取り出した。それを右手で握り、左手でタオルをあてがいながら、ニットのシャツを着た克臣の左胸へ、力をこめてナイフを突き刺した。

彼は「ウッ」と呻《うめ》きを洩《も》らし、反射的に起きあがろうとしたが、ナイフの刃がいよいよ深く突き刺さるにつれて、身をよじるようにしながら、急速に意識を失った。

首尾よく心臓に達したのだ。

心臓の一突きは案外血が噴き出さないと聞いていたし。

タオルを当てていたので、その分も返り血は防げた。

克臣が動かなくなったのを認めると、治子はやはりタオルをあてがいながら、そっとナイフを抜いた。

刃を下に向け、絨毯《じゅうたん》の床に点々と血を滴《したた》らせながら、ガラス戸まで歩く。ガラス戸を一枚分開け、血の最後の二、三滴は庭の敷石の上に振るい落とした。

タオルとナイフをバケツに入れて、治子は離れをあとにした。洗濯機の前で、袖口《そでぐち》などに血のついたレインコートを脱ぎ、タオルといっしょに放りこむと、スイッチを回した。

エプロンドレスのポケットに手を入れた治子が、ダイニングへ戻った時、トヨ子はまだテーブルに肱《ひじ》をついて庭を眺めていた。自分で淹《い》れたらしい紅茶のカップが前に置かれている。

治子はキッチンへ入り、流し台の下の開き戸を開けた。その直後に電話が鳴り出した。

電話機はちょうどトヨ子の真後ろに当る棚の上にあって、彼女が身体をよじって手をのばした。

「もしもし……はい、そうですけど……ええ、おりますが……ちょっと待ってくださいね」

トヨ子は送話口を手で塞《ふさ》いで、治子を見返った。

「克臣さんになんだけど……大学の教え子の方らしくて……」

治子は瞬時迷ったが、

「保留を押して、それから離れの２番を……そしたらお義父さまが出られますから……」

トヨ子は少し戸惑った様子で、「ええっと……まちがいそう、私、いってくるわ」

受話器を置くなり、離れへ駆けていった。

4

現場は港区元麻布一丁目、お寺の多い閑静な住宅地にある古い邸《やしき》で、事件は午前十時十分から十時半頃の間に発生したという。

霞夕子《かすみゆうこ》と桜木洋《さくらぎひろし》が現場に着いたのは正午頃で、植込みに囲まれたその家の前には立入り禁止のロープがめぐらされ、制服警官が物々しい表情で警戒に当っていた。

夕子たちが歩み寄ると、若い警官は咎《とが》めるように二人を見て、何かいいかけたが、ちょうど通りかかった本庁捜査一課の新田《にった》警部補が夕子と顔見知りだった。彼が警官に夕子の身分を告げ、すると警官はちょっと怪訝《けげん》な、多分に好奇の眼差《まなざし》で彼女を眺めてから、ロープを持ちあげて二人を通してくれた。

家人による一一〇番通報は午前十時三十五分に入っていた。それは所轄《しょかつ》署と本庁捜査一課へ伝達され、捜査一課から東京地検の刑事事務課へ連絡される仕組みだ。

事件の内容によって、捜査本部の設置がほぼ予測されるケースでは「本部係検事」が現場へ向かうが、はっきりしない場合や、本部係が多数の事件を抱えている時などは、刑事部副部長の判断で「方面係検事」が派遣される。今年四十二歳の霞夕子は、丸の内、神田、赤坂、築地《つきじ》などから大島、八丈島など、つまり都心部から東京湾のウォーターフロント、伊豆七島まで含む東京地検一方面係の主任検事なのである。

新田警部補に先導されて、夕子たちは庭伝いに現場の離れへ向かった。

離れはかなりの広さの洋室で、庭に面したガラス戸が開かれ、中ではまだ現場検証が続行されていた。

被害者である七十歳すぎの男性が、革張りのアームチェアに凭《もた》れて両手を左右に垂れている。茶色のニットシャツの左胸が血に染まり、正面を向いたまま息絶えたという恰好《かっこう》だ。

足許《あしもと》に部厚い洋書が落ち、その近くから庭の上り口にかけて、古びたグレーの絨毯の上に点々と血痕《けっこん》が認められる。庭の敷石の上にも何滴か落ちていることは、白墨でマークされているのですぐ目についた。

「今の段階では、犯人はあの木戸から侵入して、離れへ上り、短時間のうちに被害者を刺殺して、またあそこから逃走したという見方が強いのです」
三十五、六歳で長身白皙《はくせき》の新田警部補は、早口にいって庭の隅にある木戸を指さした。
「木戸には閂《かんぬき》が付いていますが、外からでも簡単に開け閉めできます。家人の発見が早かったので、犯人はまだそう遠くまで逃げていないと考えられ、十時五十分から緊急配備を敷いています」

夕子はゆっくり頷《うなず》いて、上り口に近付いた。小柄な身体《からだ》を屈《かが》めて、床の縁からアームチェアまでの、四メートルほどある絨毯の表面を透かし見るようにした。

「血痕だけで、足跡はないみたいねえ」

その声で、室内を調べていた鑑識課員たちがいっせいにこちらを振り向いた。

「ええ、足跡や泥などもいっさい見つかっていません」

「ということは、犯人はここで靴を脱いで上ったわけね。まあ実際、足跡など残せば、有力な手掛りになりますものねえ」

夕子のとび抜けてよく響く声と、なんとも独特のゆるりとしたトーンの話し方は、どうしても周囲の注意を惹《ひ》いてしまう。さらには、目が大きくて頰のふっくらした、とりわけ美人ではないが愛敬《あいきょう》のあるお多福顔と、たいていはきれいな色合いのパンツルックに包まれた小柄な身体つきが、およそ事件現場にはふさわしくない奇妙な存在として浮かびあがってしまうのだった。

「そういえば、凶器も見えませんねえ」

「まだ発見されていないんです。大きめの果物ナイフくらいの刃物ではないかと考えられているんですが、それも犯人が持ち去ったものと思われます」

「そうね、足跡も残さないような犯人なら、凶器だってむざむざ置いていくはずありませんものねえ。――上ってもいいかしら」

夕子は新田に許可を求めた。現場ではあくまで警察が主導権を握っている。

彼は「どうぞ」と頷き、夕子が血痕を踏まずに上れるように、白手袋をはめた手で彼女の前のガラス戸を広く開けた。錆《さ》びた金属のきしむ耳障《みみざわ》りな音が響いた。

夕子は後ろにおとなしく立っている検察事務官の桜木にちょっと目くばせしてから、離れへ上った。敷板の上を踏みながら、遺体と室内の様子を観察した。壁の大部分は書架で被《おお》われ、奥にベッドがある。アームチェアのそばのテーブルの上にも洋書や英文学関係の専門誌が積まれ、ようやくスペースを見つけたようにして小さなトレイが置かれている。トレイの上はティポットと紅茶を飲んだあとの空のマグカップ。

「事件の発見者は？」

「被害者の義妹に当る女性です。法事のために広島から出てきていたそうで」

新田警部補がまた早口で答えた。切れものだがせっかちな性格のところへ、現場へ検事が臨場した限りは一応の状況説明をしなければならない。余分な仕事はなるべく手早く片づけてしまおうといった心情が覗《のぞ》いていた。

「今この家にいるのは被害者の亡《な》くなった長男の妻と、義妹との二人だけで、さっきから浜岡《はまおか》警部が居間のほうで事情聴取を始めたところです」

「それじゃあ、私もちょっと聞かせていただこうかしら」

そこで新田はさっそく廊下を歩き出した。夕子と桜木があとに続く。桜木洋は二十六歳になるスポーツ好きの快活な青年だが、現場では夕子が人目を惹くぶん自分はおとなしくとでも心がけているかのように、黒縁眼鏡をかけた逆三角形の顔を神妙に引締めて沈黙を決めこんでいる。

洗濯機など置いてあるバスルームの横を通って母屋《おもや》へ入ると、庭に近いテーブルを挟んで、本庁捜査一課の浜岡警部と捜査員が二人の女性と対座していた。浜岡とも旧知の夕子は、目顔で挨拶《あいさつ》を交わす。二人の女性はいっときやや胡散《うさん》臭そうに夕子を見やったが、彼女が少し離れたスツールに腰をおろすと、浜岡のほうへ顔を戻した。

「それで？」と浜岡が話の続きを促す。

「それでって、ですから義兄に電話を知らせに行ったらあんな状態で……あとは無我夢中で……ここへ戻ってきて一一〇番したんだと思います」

六十すぎの小太りの女性が答えた。

「あなたが離れへ入る前後に、何か気付かれたことはなかったですか。たとえば、争う声を聞いたとか、怪しい人影を見たとか……？」

恰幅《かっぷく》のいい浜岡警部が日頃の落着いた口調で訊《き》く。

「さあ、はっきりとは思い出せないですけど、人声なんかは聞かなかったし……そう、咄嗟《とっさ》に庭を見た憶《おぼ》えはありますけど、人影などもとくには……」

浜岡は四十五、六くらいに見える細っそりした女性へ視線を移した。

「あなたはトヨ子さんから事件を聞いて、離れを見に行ったわけですね」

「はい」と彼女は口許を引締めて頷いた。

「その時何か気付いたり、印象に残ったことはありませんか」

トヨ子へと同じ質問に対して、彼女は黙ったまま首を傾《かし》げている。

「今までお二人の話を伺った限りでは、トヨ子さんが離れへ紅茶を運んで、克臣《かつおみ》さんと少し話をしてからここへ戻ってきたのが十時十分頃、事件はそれ以後、トヨ子さんが電話を知らせにもう一度離れへ行った十時半頃までの約二十分間に発生したと考えられるのですが、その間、治子《はるこ》さんはどこにおられましたか」

「バスルームで洗濯機を回したり、ちょっとした片づけごとをして、またキッチンへ戻っていたんですけど」

緊張してはいるが、しっかりした低音の声で答えた。

「その間に、離れのほうで何か変った様子はなかったでしょうか」

治子は再び目を凝らして考えこむ。少したってから、

「洗濯機を回す前に、裏でバイクの走り出すような音が……」

「バイクの？」

浜岡が強く訊き返し、傍らの捜査員がメモの手を走らせる。

「裏というのはどこです？」

「ですから、離れの向こうの、木戸のある方向で……でも、もしかして聞きちがいだったかもしれませんけど」

「トヨ子さんはずっとここにおられたんですか」

「そうです」とトヨ子は頷いた。

「あなたもバイクの音を聞かれましたか」

「いいえ、私は気がつきませんでしたけど。まあ、ここは大分離れていますし」

「バイクか」と浜岡が低く呟《つぶや》き、思案するように質問を途切らせた。

いっときの沈黙がたちこめた時、例のかん高くてゆったりした夕子の声が、ふいにその静けさを破った。

「あなたが紅茶を持っていらした時——」

夕子の丸い眸《め》はトヨ子に向けられている。

「離れのガラス戸はどんなふうになってました？」

トヨ子は吃驚《びっくり》した顔で夕子を見返したが、なんとなく気圧《けお》されたように瞬《まばた》きしながら、

「……これくらい開いてたんじゃなかったでしょうか」

指で十センチほどの間隔を示した。

「義兄《あに》と話しながら、いい風が入ってきたのを憶えてますもの」

「そうですか」と、夕子はお多福顔に親しみのある微笑を浮かべた。

「で、つぎに電話を知らせに行って、事件を発見された時は？」

「あの時は……とにかく気が転倒してましたから……」

「ガラス戸が一枚だけ開いていたんです」

浜岡警部がことばを添えた。現場に臨場した検事が直接事情聴取に加わるというの

はかなり異例のことだが、彼はもう夕子の癖に慣れているのだ。

夕子は治子に目を移した。

「お義父《とう》さまは、日頃お元気な方でした？」

「はい、とても。毎日一時間くらい、散歩を欠かしませんでしたし」

「寝る前には真向法《まっこうほう》とかいう体操もやってましたよ」とトヨ子。

「ああ、それじゃあお身体が柔らかくて、きっと敏捷《びんしょう》でもいらしたでしょうねえ。でもそうすると……犯人は外部から侵入したとしても、被害者には顔見知りの、よほど気を許した相手だったのかもしれませんねえ」

浜岡がちょっと椅子《いす》に掛け直すと、急いで主導権《イニシアティブ》を取り戻すように口を開いた。

「そこで、被害者の交友関係などをお尋ねしたいんですが——」

地検の車に戻り、それが走り出すなり、夕子の隣りに掛けた桜木が待っていたようにいった。

「どうして犯人は顔見知りだなんておっしゃったんです？」

その口調には、またしても現場で口を挟んだ夕子への軽い非難と、質問の答えへの好奇心とが半々に混りあっているようだった。

「被害者はまったく無防備に、アームチェアの上で心臓を一突きにされていたわ」

「ふいをつかれたんじゃないんですか」

「だって、犯人は正面の庭から入ってきて、離れの前で靴を脱いだのよ。それから、ガラス戸を開けて上り、四メートルほど離れたアームチェアに掛けていた被害者に接近した。もしそれが怪しい相手だったら、彼は何らかのリアクションを起こしたはずじゃない？　日頃散歩と体操で鍛えた元気なお爺《じい》ちゃんならね」

「本に熱中していて、気が付かなかったのかもしれませんよ」

「でも、さっき新田さんが開けられた時、あのガラス戸はひどい音をたてたじゃないの」

「被害者が居眠りしてたとしたら？」

「とんでもない」

反問されるたびに夕子のまるで邪気のない眸は、いかにも楽しげな光を帯びた。

「彼は紅茶を飲んだばかりで冴《さ》え冴《ざ》えしてたはずだわ。現場にあったポットにはティバッグが二つも入ってたでしょ。英文学科の名誉教授はきっと英国風の濃いミルクティがお好みでらしたのよ」

5

港区の麻布、白金《しろかね》、高輪《たかなわ》にかけての区域には坂が多いが、城崎《きのさき》克臣が住んでいた元麻布の一帯にも、暗闇坂《くらやみざか》、一本松坂など由緒《ゆいしょ》ある名のついた坂道がたくさんある。七十を越しても健脚を誇っていた彼は、たいてい夕食前の一時間、自宅近くの寺をめぐり、仙台坂をのぼり降りしてくる散歩を日課にしていた。

一週間に一回くらい、仙台坂上から西の南部坂のほうへ下り、広尾の先まで行って馴《な》染《じ》みの本屋で時を潰《つぶ》すのを楽しみにしていた。その時は、帰りは決まってタクシーを利用した。往《い》きだけで約一時間かかり、帰りまで歩くのはきつかったらしい。

今年の四月初め、例によって本屋へ出掛けた彼は、広尾橋まで戻ってきたところで俄《にわ》か雨《あめ》に降られ、タクシーもなかなか摑《つか》まらなかったため、商店街の中のスナック〈れいか〉に立ち寄った。彼はそこのママ野々井怜花《れいか》とたちまち懇《ねんご》ろになって、来春早々には結婚するまでに至っていた。

そうした事情が治子やトヨ子の口から浜岡警部に伝えられると、彼はすぐさま新田《にった》警部補を広尾橋商店街へ向かわせた。

〈れいか〉は間口の狭いカウンターだけの店で、午後二時開店。その前に怜花が店に出てきたところへ、新田と連れの捜査員が訪問した。

ワインレッドをベースに多彩な模様のニットドレスが、造作の派手な厚化粧の顔に妙に似合っている怜花は、事件を聞くなり、大きく息をのみ、目を瞠《みは》って口をなかば開き、まさしく今にも卒倒しそうな表情になった。つぎには突き出した胸を二、三度上下させたかと思うと、悲鳴のような声をあげながら、カウンターに泣き伏した。

「まあ、なんてことを……あんな立派な方が……私たちは、やっとやっと結ばれるところだったのに……ああ、私はなんにも知らないで……」

やがて切れ切れなことばが洩《も》れ始め、さらに新田たちは根気よく待ってから、質問を始めると、怜花はようやく顔をあげた。

「何もご存知なかったようですが、今朝はお宅におられたわけですか」

新田が夕子に対した時よりはむしろゆっくりと、精一杯労《いたわ》りのこもるような口調で訊く。

「そうですわ、十時半まえといえば、私はたいていベランダの鉢植に水をやっている頃で……今朝も気持のいい風に吹かれながら……ああ、先生がそんな目に遭っていらしたなんて夢にも知らず……」

新しい涙が溢《あふ》れると、それはすっかりはげ落ちてしまったアイラインのために墨汁《ぼくじゅう》のようになって彼女の頬を流れた。

「お宅はどちらですか」

「三田五丁目のマンションです」

「では城崎さんのお宅とも比較的近かったわけですね。ここへはどうやって通っておられるんですか」

「自分の車で……」

「ご家族は？」

「今は一人です」

今年五十一歳になる怜花は、三十すぎまでサラリーマンの夫と男の子が一人ある家庭の主婦だったが、夫の両親との不和が原因で離婚し、子供を置いて家を出た。その後六本木や青山の喫茶店やスナックで働いていたが、約二年前からこの店を借りて独立した、といった話を、新田は要領よく聴取し、連れの捜査員がメモを取った。

「ここは一人でなさってるんですか」

「いえ、角《すみ》さんというバーテンが、毎日三時に出てくるんですけど」

角和友《かずとも》は三十九歳で、この店からほど近い恵比寿二丁目のアパートに住んでいると
いう。彼の家族構成を尋ねると、

「あの人もいろいろあってね、一人なんですよ」と怜花はどこか複雑な声で答えた。

「角さんは何で通勤されてるんですか」

「バイクですわ」

「バイク、ね」と、傍らの捜査員が思わず口の中で呟いた。

「だんだんバイクの置き場がなくなるとかって、いつもぼやいてるんですけど……あ
あ、でもこのお店も今年一杯で……」

怜花はふいにまた胸を衝《つ》かれたように視線を宙で止めた。

「そうよ、そうだったのよ。私は過去のすべてとさよならして、先生と二人で新しい
人生を始めるつもりだったんです!」

同じ頃、正確には十月六日午後一時十三分頃、六本木にある麻布警察署の代表番号
の電話が鳴った。

応答した交換台の女性の耳に、町の騒音をバックにしてかん高い女の声が響いた。

「もしもしィ、あたし、天現寺の近くに住んでる者ですけどォ――」

語尾に力を入れて引っぱるような喋《しゃべ》り方。

「なんか、麻布のほうで事件があったんでしょう？　お昼のニュースで聞いたんですけど」

「はい」

「もしかして、それと関係あるんじゃないかと思って、ちょっとお知らせしたいことが……」

「では係と代りますので、お待ち下さい」

麻布警察署には捜査本部が設置されることに決まり、まだ看板は出ていなかったが、本部に定められた部屋には幹部や捜査員が集って緊張感に包まれていた。

電話が鳴ると、そばにいた署の捜査員が取った。交換手が説明して、電話を切り替える。

「もしもしィ、あたし、今天現寺橋の上から掛けてるんですけどォ――」

町の騒音がうるさい上に、携帯電話らしく、時々声が切れる。

「下の川のねえ、横のコンクリの上に、ナイフみたいなものが落ちてるんですよ。血もついてるみたい……」

「もしもし、天現寺橋ですね」

若い捜査員が慌《あわ》てて念を押す。

「今通りかかって、何気なく下を見たら……」

声が途切れる。

「もしもし？」

「もしもし……電波のぐあいが悪いみたいね」

「天現寺橋の下に血痕《けっこん》の付いたナイフが落ちているんですね」

「そう、たぶん……やっぱりナイフですね」

「失礼ですが、あなたの住所とお名前は――」

救急車のサイレンが背後に聞こえている。

「近くに住んでるんですよ。だから警察の番号も手帳に書いてあるんです。住所は、渋谷区、恵比寿――」

そこでまた声が切れ、電話は不通になった。

捜査本部ではすぐ最寄りの派出所へ連絡して、警官を天現寺橋へ向かわせた。

通報者はもういなかったが、電話の話が事実だとわかると、刑事課と鑑識課の四人が現場へ急行した。

天現寺橋は外苑西通りと明治通りが交わる天現寺交差点の南、恵比寿側にある数メートルの橋で、下には古川（渋谷川）が緩やかに流れている。川幅は二メートル前後、両側はコンクリートの壁で固められているが、それが水面近くでは幅一メートルくらいの平らな護岸をつくり出している。

問題のナイフは、橋の西側の、上から見れば右側の護岸のへりに落ちていた。柄が半分くらい水の上に出て、今にも川に落ちそうな恰好《かっこう》でコンクリートの端にのっている。刃に黒ずんだ汚れが付着していることも、橋の上から認められた。

橋のそばのコンクリートの壁面には鉄の梯子《はしご》が設置されていたが、後ろには高い金網が張られ、橋の上からも届く位置ではない。

結局捜査員たちは五十メートルほど川上に同じような梯子を見つけ、なんとかそれに取りついて降り、護岸伝いにナイフに近付いた。

現場写真を何枚も撮った上で、鑑識課員が手袋をはめた手で注意深くナイフを取りあげた。

黒ずんだ汚れは、長さ十五センチほどの刃と、古びた木の柄との両方に付着していた。

「やはり血痕のようですね」

やがてみんな橋の上に目をやった。両側のコンクリートの壁の上にはギリギリまで家が建ち、金網もあるから接近できない。一方、橋の鉄の欄干はおとなの腰くらいの高さなので、ナイフはその上から投げ捨てられたと考えるのが自然のようであった。

6

「残念ながら指紋は検出されませんでしたが、ナイフの刃の大きさは被害者の傷口とほぼ一致しましたし、血痕の血液型も同じでした」

新田警部補がいつもの気忙《きぜわ》しい口調で夕子に説明した。

「血痕はAB型でRhマイナスと判明して、被害者の血液型と一致したんです。すぐDNA鑑定に回されましたが、その結果が出るまでには数日かかります。しかし、AB型のRhマイナスというのは非常に稀《まれ》なので、偶然の一致とは考えにくい。おそらくあれが凶器にまちがいないと思いますね」

「そうねえ」と夕子はゆるやかに頷《うなず》いて、彼の意見に同意した。

元麻布の事件現場から地検へ帰った霞夕子は、夕方まで一方面係主任の自席で仕事をした。刑事部の検事は通常二十件以上の事件を抱えているので、それらの被疑者や参考人をつぎつぎと地検へ喚《よ》んで取調べる。検察事務官の桜木洋は夕子と机を並べ、終日取調べに立会って調書を作成する。

さらに昼間調べきれない分は、夜、こちらから拘置所や警察に出向いて被疑者から話を聴くという忙しい毎日で、帰宅が十時より早い日はめったになかった。

今日も夕方六時すぎに地検を出た夕子は、グリーンのポロの助手席に桜木を乗せ、まず麻布警察署へ向かった。今朝の事件には捜査本部が設置されたが、担当は最初に現場に臨場した夕子にすると、副部長から告げられていた。となれば、捜査の進捗《しんちょく》状況をつぶさに把握しておきたい。検事によっては、警察との連絡はなるべく電話やファックスですませる人もいるが、夕子は小まめに署へ顔を出し、捜査会議に加わることもある。多少うるさがられるくらいは頓着《とんちゃく》していなかった。

「ナイフが発見された頃、わたしはたまたま近くの広尾橋商店街にあるスナックでそこのママに事情聴取していたんですが、その足で恵比寿二丁目のバーテンのアパートへ出向きました。彼は三時に店に出てくるそうでしたが、ママの前では話しにくいこともあると思ったもんですから」

城崎克臣《きのさきかつおみ》と野々井怜花との関係、さらに怜花とバーテンの角が長年内縁関係にあったらしいなどの事情も、新田には珍しく、時間をかけて夕子に伝えた。角は早くも捜査線上に浮上した有力容疑者らしかった。

新田の話によれば——

今年三十九歳になる角は、顎《あご》の細い顔をした、おとなしそうな男に見えた。怜花と似通った経歴で、三十歳前に一度結婚したが、二年ほどで妻子と別れた。スナックなどを転々とするうち、六本木の店で怜花と知合い、二年前にいっしょにそこを辞めた。怜花が現在の店を借り、角はバーテンとして雇われた形で、二人で力を合わせてきた——。

「彼女とは、ぼくはひと回り齢下《としした》なんですが、同じ戌《いぬ》年だと気が合うというのか……ぼくとしては、これからも彼女の片腕になって店をもり立てていきたいと思っていたんです。それなのに、ひと月ほど前、突然、城崎先生と結婚する、店も今年一杯で閉めるといわれて……」

角の内にこもったような喋り方には、怜花への並々ならぬ執着が感じとられた。彼はくぼんだ目を凝らして、怨《うら》めしそうに麻布の方向を見据えた。

日頃角が小型バイクに乗っていること、事件発生時にはアパートで一人で遅い朝食をとっていたといい、つまりアリバイがない、などのことを摑《つか》んで、新田たちはひとまず署へ引きあげた——。

「ところが、その間に天現寺橋の下から血痕の付いたナイフが発見され、それが犯行に使われた凶器である可能性が高いとわかって、いよいよ角の容疑が濃くなってきたわけです。それというのもですね……」

新田《にった》が壁に貼《は》ってある所轄《しょかつ》管内の地図の前まで立っていった。

「ここが元麻布一丁目の城崎氏宅です。もし角を犯人と仮定すると、犯行後バイクで逃走し、ひとまず近くの坂を下って一の橋の辺に出たか、あるいは南麻布を斜めに横切る形で青木坂あたりを降りるか、とにかく明治通りを逃走するのが自然だと考えられますね。天現寺交差点を越えて、橋の上から凶器を投げ捨て、そのまま恵比寿二丁目のアパートまで帰る。つまり、凶器を捨てた地点がちょうど逃走経路の線上に当るわけです」

「ほんとに、無理のない推論ですわ」と、夕子は再び同意した。

「ただ一つ、犯人の誤算は、ナイフがうまく川の中に落ちず、コンクリートの護岸の端にひっかかってしまったことでしょうね」

翌朝、いつもより一時間ほど早く台東区谷中《やなか》の自宅を出た夕子は、途中で文京区本郷のマンションに住む桜木洋を車に乗せて、午前八時半頃元麻布へ来た。自分が担当になった事件では、被疑者が送検されて以後や、容疑者が逮捕される以前にも、夕子はよく自分の足で現場を歩いてみる。すると思いがけない発見にぶつかることもある。動き回る検事の夕子にとって、「現場百回」は刑事のためだけのモットーではないのだった。

前夜から降り出した雨が明け方あがって、ひときわ爽《さわ》やかな朝だったが、植込みの深い城崎家は、屋敷全体がひっそりとした影に被《おお》われているかに感じられた。

「ここからはあなたが運転して」

夕子は桜木にハンドルを任せ、自分が助手席に乗った。

「まずこの道を走ってみて」

家の前から東へ下って一の橋へ出る坂道を指さした。

桜木はいわれた通りにして、一の橋へ出ると、夕子が指示する前に右折のサインを出して、天現寺交差点の方向へ走らせた。

夕子は助手席の窓ガラスを開け、小さな身体《からだ》を乗り出すようにして、道路の左側を見ていた。そちらには明治通りに沿う形で古川が流れているのだが、間に建物が立てこんでいて、なかなか川面は見えない。

天現寺交差点の手前まで来ると、

「悪いけど、もう一度城崎さんとこまで戻ってくれないかしら」

城崎宅前から、今度はさっきと反対に西南の方向へ、南麻布の住宅地の間を縫って天現寺交差点へ向かってほしいと、夕子は頼んだ。

桜木は時々地図を見ながら角を曲り、青木坂を下って明治通りへ出た。右折すると天現寺交差点はあとわずかの距離だ。

「やっぱりこちらのほうが早いわね。三角形の一辺を行く形で、信号も少いし。この近くに住んでいて、道路事情に詳しい犯人なら、たぶんこのへんのルートで逃走したと考えるのが自然でしょうね」

「天現寺の交差点を渡ったあと、いったん停って、ナイフを捨てに行ったわけでしょうか」

交差点を越えた先で、桜木が車を停め、二人は車外へ出た。天現寺橋の欄干に沿っては幅のある歩道が設けられていて、バイクなどに乗ったままで物を投げ捨てることは無理のようだ。

二人は天現寺橋西側の鉄の欄干のそばへ寄った。

下を覗《のぞ》く。緩やかな流れと、両側から平らにせり出しているコンクリートの護岸。問題のナイフはその右側のコンクリートのへりに、今にも川に落ちそうな恰好でひっかかっていたという。昨日、新田警部補から説明を聞いたあと、夕子はすぐにも見に来たかったのだが、あいにく夜になってしまっていた。それで今朝いちばんに出向いてきたわけだ。

「川幅が狭い上に、コンクリートの岸が広いので、川に落とし損なったんでしょうねえ」と桜木。

「慌ててもいたでしょうしね」と、夕子が相槌《あいづち》をうつ。

「とにかくいったん下に落としてしまったら、諦《あきら》めるしかないですね。とてもあの梯子には取りつけそうにない」

桜木はいちだんと確信をこめていった。

「あれが造られた頃と、護岸の周辺の状態が変ったんでしょうかね」

夕子は少し黙っていたが、やがて顔をあげて交差点を眺めた。すでに朝のラッシュが始まり、車が流れをつくっている。歩道にはひっきりなしに人が往来していた。犯人がここで凶器を捨てたとすれば、昨日月曜の午前十時半すぎと推測されるわけだが、おそらく交通量は今と大差なかっただろう。

「昼間こんなところで血のついたナイフを捨てるなんて、ずいぶん大胆なことをするものねえ」

騒音の中でも夕子の声はよく通る。

「とにかく早く凶器を手放してしまいたかったんじゃないですか。ナイフや拳銃《けんじゅう》を川に捨てるというケースは少くないので、きっと犯人の中にもそれが最も安全な方法だという固定観念みたいなものがあって……」

夕子は彼を促し、さっき車で走ってきた一の橋の方向へ、交差点を渡り始めた。

「現場からここへ来るまでに、もう一カ所だけ、川のそばに近付けそうな場所があったわ」

それは交差点から百メートルほど戻ったあたりで、建物が途切れて小さな駐車場が設けられている。駐車場の突当りのフェンスの下が川だった。

胸の高さくらいの金網のフェンスの上から、二人はまた川を眺めた。こちらでは護岸の平らな部分がほとんどなく、そのぶんずっと川幅が広かった。対岸は慶応の幼稚舎で、高い樹木が被いかぶさるように繁《しげ》っている。

「もし角が犯人として、現場から自宅アパートへ逃げ帰る途中でナイフを川に捨てるとすれば、ここでもチャンスがあったということですね」

桜木が少し考えこみながらいった。

「ここで捨てていれば、まちがいなく水に落ちたはずだわ。どうせ一度バイクを降りなきゃならないものなら、橋の上より駐車場のほうが人目にもつかないし」

「彼が逃走ルートをよく調べた上で、ナイフを川に捨てることも決めていたとすれば、そういう理屈になりますね。しかし、必ずしもそこまで計画的であったとは限りませんよ」

桜木がさっそく反論する。事件現場ではおとなしそうな沈黙を守っている彼が、夕子と二人になると、黒縁眼鏡の奥の眸《め》をシャープに光らせて、遠慮のない発言をした。

「怜花を城崎氏に奪われたことを怨んだ彼が、突然衝動的に城崎氏の自宅へ押しかけて犯行し、一目散に逃げてきたとしたら、そしてその途中で川にナイフを捨てようと思いついたのだとすれば、行き当りばったりの場所で捨てたでしょうし、そんなふうだから捨てそこなったのかもしれませんね」

「勿論《もちろん》そういう場合だってあるわ。私はただ、疑問の一つとして考えているのよ」

「疑問といえば、犯人は外部から侵入したとしても、被害者が気を許していた相手だろうと、昨日検事はいわれてましたよね」

「それが当っているとすれば、角というバーテンではありえないわけだわ」

「怜花なら油断していたかもしれないけど、彼女には今のところ動機がありませんね。城崎氏との間は依然アツアツだったらしいし」

夕子は、短い髪がわずかな川風にそよぐのを心地よさそうにしていた。それから、例のゆるりとしたトーンで独り言のように呟《つぶや》いた。

「そう、油断……老教授はすっかり油断していたのよ。さもなければ、あれほど見事に胸を一突きにされるはずはないわ……」

「すると、内部犯という見方も出てくるわけでしょうが、でも、少くとも昨日家にいた二人の女性は、犯人ではありえないわけですよ」

「……？」

「だって、昨日は事件発生直後に警察があの家に急行して、夜まで現場検証や事情聴取に当っていたそうですからね。一方、ナイフが発見されたのは、午後一時半頃です。彼女たちは足止めをくって、ナイフを捨てに行くなんてことはできなかったはずなんです」

7

霞夕子は、その日も午前十時から午後六時頃まで、東京地検の方面係検事室で仕事をした。勾留《こうりゅう》中の被疑者や事件の参考人をつぎつぎ呼んで、精力的に取調べを行った。

桜木事務官は夕子の斜め隣りにデスクを置いて取調べに立会い、メモをとったり、最後に検事がまとめて読みあげる供述の内容をワープロで打って、調書を作成する。検事が仕事で外出するさいにも必ず付合うし、常時行動を共にしているので、両者はよく夫婦にたとえられる。

が、検事が一回り以上も年上の女性なので、桜木は最初少し居心地の悪い気持になったものだった。しかし、そうやって毎日いっしょに仕事をして一年もたつうちに、だいぶん夕子のペースに慣れてきた。時にはとぼけたような喋《しゃべ》り方をして、それに似合うおっとりとした人柄を覗かせるかと思えば、桜木には考えもつかないような着眼をして、するとたちまち性急で行動的になる。小柄でお多福顔に愛敬《あいきょう》のある夕子は、彼にとってはいつまでも年齢不詳の、奇妙にチャーミングだが決して侮《あなど》れない存在なのだった。

地検での仕事を六時に切りあげた夕子は、例によって、取調中の被疑者が勾留されている築地警察署へ立ち寄り、刑事課長に必要な補充捜査の依頼をした。

署を出た時は八時すぎで、あと一カ所くらい回っていくのだろうと覚悟していた桜木に、夕子はあっさりといった。

「帰りましょうか」

桜木は思わず白い歯を見せてうれしそうな顔になった。今日は金曜で、仕事が終りしだいデートの約束をしていた。彼女はノンフィクション作家の事務所に勤めているので、やはり帰りは遅いほうで、桜木の身体があきしだい、こちらから電話することになっていた。

「検事もたまには早くお休みになったほうがいいですよ。今朝は一時間早出だったわけですしね」

昼間、ポカポカと陽のさす南窓を背にして相手の話を聴いていた夕子が、時々あくびを嚙《か》み殺すような顔をしていたのを、彼は見逃していなかった。

地下鉄の東銀座駅前で彼を降ろした夕子は、いそいそと携帯電話を取り出している彼の姿をバックミラーにおさめながら、昭和通りを上野の方向へ走り出した。

「少くとも昨日家にいた二人の女性は、犯人ではありえないわけですよ。彼女たちは足止めをくって、ナイフを捨てに行くなんてことはできなかったはずなんです」

まるでわが意を得たような桜木の声が耳に甦《よみがえ》ってくる。

事件発生直後に警察があの家に着き、鑑識課員が現場検証を始め、浜岡《はまおか》警部が主体になって家人から事情聴取した。被害者の経歴や平素の生活、性格や人間関係、最近の言動等々、聴取すべきことは山とあり、それも詳しく正確に知らなければならないので、とりわけ同居していた治子《はるこ》には、夜九時近くまでかかった。勿論その間に、葬儀の準備や連絡などのため何度か中断したし、治子が疲れて休憩をとることもあったが。

一方その間に、鑑識課員は、多数の現場指紋の中から識別するために治子とトヨ子の指紋を採ったり、家の中の、主にキッチンの流しの下の開き戸の内側に掛けてあった包丁やプラスチックの柄の果物ナイフなど、全部の刃物にルミノール反応の検査をしたが、その結果はマイナスだった。

そうしたことを、夕子は今日の昼間、浜岡警部が電話で現場検証や捜査の経過を伝えてくれた時、こちらからも尋ねて確認していた。

もし治子とトヨ子が共犯だったとしたら、どちらかが犯行後ナイフを天現寺橋まで捨てに行き、戻ってきてから、今事件に気付いたというふりをして一一〇番することも可能だったわけだわ——。

しかし、夕子はすぐ否定的になった。

嘱託医や鑑識課員によれば、遺体は死後まもなくだったと報告されているし、治子とトヨ子が共謀したとも考えにくい——。

夕子はフロントガラスの先をみつめながら、脳裡《のうり》には二人の女の顔を並べて思い浮かべた。

あの家の二百坪の土地は克臣《かつおみ》の名義で、預金も相当あったらしい。それらの財産は、彼の死後、すべて治子の二人の息子たちに相続される。克臣の妻スミ子も、治子の夫だった克臣の一人息子明人も先に死去しているので、明人の子供が父親の代襲相続をするわけだ。するとおそらく遺産はかなりの程度、治子の意のままになるだろう。

一方、トヨ子はスミ子の妹であり、克臣との間に相続関係はない。

トヨ子と治子は好意的な間柄に見えたけれど、広島に裕福な家庭を持っていると聞くトヨ子が、まさか義兄殺しに加担するとも思われない……。

といって、外部の犯行とするには、夕子は最初から何かしら不自然なものを感じている。治子は裏でバイクの音がしたとのべているが、その後の聞込みでは、近隣で事件当時バイクを見たとか、音を聞いた人も現われないという。

夕子は思考を追いながら、さすがにふだんより少し車のスピードは落として、不忍《しのばず》通りを進み、団子坂下の交差点で右折のサインを出した。

ナイフの刃に付着した血が城崎克臣のものかどうかは、DNA鑑定によって特定される。警視庁の科学捜査研究所での鑑定結果が出るまでにはあとまだ四、五日かかるそうだが……おそらく、DNAは一致するのではないだろうか。被害者の傷口と符合し、彼と同じ珍しい血液型の血痕《けっこん》が付着したナイフが、現場から五キロとは離れていない橋の下に落ちていたということが、無関係な偶然とは考えにくいのだ。ほかに凶器らしいものも見つかっていないし。

とすれば——発見されたナイフが凶器と断定された時点で、治子は限りなくシロに近付く。治子には犯行のチャンスはあったかもしれないが、その後凶器を捨てに行く余裕はなかったのだ。よほど有力な共犯者の存在でも浮上しない限り……。

谷中へ入ると、車の左右が急に暗くひっそりとして感じられる。狭い道路に沿って、たくさんのお寺と墓地が続いている。夕子の車が角を曲るたびに、道はいっそう細くなって、古い小さなしもた屋の前に並べられた縁台や盆栽を倒さぬよう、注意して進まなければならない。

崖下《がけした》に墓地のある道をさらにしばらく走り、その先にある小さな寺の門の前で、夕子はブレーキを踏み、ゆっくりとカーブを切る。

ハンドルを回すと同時に、また一つの思考が彼女の脳裡で回転した。

ナイフが発見されたことは、治子にはまことに幸いだったわけだ。そうでなければ、彼女も容疑者の一人に数えられていたにちがいない。

しかも……そうだ、ナイフはいつ発見されてもよかったというものではなかった。事件発生後さほど経《た》たない時期に、治子が事情聴取のために家の中に足止めされているうちに発見されなければ、警察が引き揚げたあとで捨てに行くこともできたと考えられただろう。

事実は治子にとってすべて幸運なかたちで進展した。発見の端緒は、通行人からの電話通報だったそうだが――。

頭は思考に占領されていたが、慣れているから山門の古い柱に車をこするようなこともなく、ほの暗い境内へ乗り入れた。井戸の横に造られた車庫にきっちりとポロを納めた。

冴《さ》えた半月を頭上に置いて、本堂が黒いシルエットを形づくっているが、庫裡《くり》にはほんのりと灯《とも》りが点っている。

ライトを消して、運転席のドアを開けると、夜気の冷え込みが都心部とちがう。線香と枯れ葉を焚《た》いたあとのような匂《にお》いが、空気の底にとけこんでいる。それを吸いこむと、はじめて夕子の心がほっとくつろいだ。

彼女は、この古い寺の家付き娘なのである。もともとはサラリーマンだった婿《むこ》養子の夫が、父の死後、住職をつとめてくれている。

夕子が帰宅する時分にはたいてい家にいる人だが、そういえば今夜はどこかへ出掛けたのだろうか。二台分の車庫の半分が空いているから――。

そんなことを考えながら、夕子が地面に足をつけた時、自動車電話が鳴り出した。

受話器を耳に当てると、

「もしもし」

夫の大きな声が耳にとびこんだ。背後に歌謡曲の歌声が流れている。

「まだ仕事？」

「いえ、今家の前に着いたところよ」

「早いんだね、今日は」

「あなたは……？」

「今年はぼくが高校の同窓会の幹事でね。今は林君と……」

「またカラオケでしょ」

肥満体質でボリュームがある上、毎日お経で喉《のど》を鍛えている彼には、カラオケが何よりのストレス発散らしい。

「ちがうよ、これはテレビだよ」

ふいに歌声が消えて静かになった。夫がスイッチを切ったのだろう。

同級生の林が替って夕子と短い挨拶《あいさつ》を交わし、それで電話が終った。

夕子は車の外に出たが、いつもの通り両手を伸ばして深呼吸することはせず、考えこむような手つきでドアをロックした。

8

翌日の朝も、夕子はふだんより一時間ほど早く家を出た。

元麻布の城崎《きのさき》宅の前に着いた時は八時半頃で、閑静な住宅街の路上にも勤め先へ急ぐサラリーマンやOL風の人たちの靴音が響いていた。

城崎家の生垣の中からは、焚き火のような細い煙がたちのぼっていた。

夕子は裏木戸の閂《かんぬき》を動かして、そっと押した。

離れの前の庭で、治子が枯れ葉を焚いていた。瘦《や》せた身体《からだ》に薄茶のセーターと、踝《くるぶし》くらいまであるフレアスカートをはいた立ち姿が、この洋風の古い邸《やしき》や自然のままにされたような庭に奇妙なほどしっとりと溶けこんでいた。治子は四十七歳と聞いていたが、小造りに整った化粧気のない顔は可憐《かれん》と感じられるくらいにみずみずしく見えた。

　木戸を開けて入ってきた夕子を、治子はいっとき不思議そうに見守っていたが、徐々にその眸《め》の中に記憶が甦ってくるようだ。

「地検の霞です、事件の日にちょっとお邪魔した……」

「はい、あとで警部さんから伺いました」

　治子は理知的な響きのある低音の声で答えた。

「お葬式は昨日お寺でなさったとか……」

「はい」

「本当に大変でしたわねえ。ずいぶんショックをお受けになりましたでしょう」

「ええ……ショックもですけど、なんだかとても寂しくなって……義父《ちち》がいなくなるとこんなに寂しくなるなんて、想像もしていませんでした」

　その声には深い実感がこもっていて、眸も濡《ぬ》れているように見えた。

「ごもっともですわ。長い間ごいっしょに暮らしていらしたんですもの」

　夕子は邸へ目を移した。

「ご立派なお宅ですわねえ」

「もうずいぶん古いんですけど。もともと城崎は実業家の家系で、義父が父から受け継いだそうです」

「二階も相当お広そうですわね」

「最近はぜんぜん使っていませんでしたけど」

「二階にもバスルームなんかおありなんでしょ」

え？　というふうに治子は夕子を見返し、少し黙っていてから、かすかにほほえんだ。

「ええ、昔はお客さまも多かったようですから」

夕子の視線は二階から徐々に下って、治子の後ろの、庭石の上に積まれた古雑誌に注がれた。それに気がついたのか、今度は治子から口を開いた。

「犯人が捕まって起訴されるまで、離れの現場はそのままにしておくようにと、いわれているんですけど、母屋《おもや》のほうにも義父が読んでいた古い雑誌があちこちに置いてあって……見るとつらいものですから、いっそ燃やしてしまうことにしましたの」

治子が上の二冊ほどを取りあげて、火にくべようとした。

「あら、血がついてますね、頁《ページ》の端に」

「紙で指を切ったんじゃないでしょうか。よくそんなことがありましたから」

「そう……それでは古い血かもしれませんね」

夕子は会釈《えしゃく》して踵《きびす》を返す前に、なんでもないことのように呟《つぶや》いた。

「もっとも、今日付いた血か、十日くらい前の血かなどは、検査しても区別がつかないって、法医学の先生はおっしゃってましたけど」

週があけた十月十三日夕方、地検の夕子に浜岡警部から電話が掛ってきた。桜木が取りついで、受話器を彼女に渡した。

「ようやく科捜研から報告が入りました。天現寺橋下から発見されたナイフに付着していた血痕は、城崎克臣氏のものと断定されました」

「やっぱりね」

「それから、検事からお話のあった消防署やタクシー会社等に照会した結果、ほぼ満足すべき回答が得られました」

「それは結構でした」

「お蔭《かげ》さまで」と浜岡はちょっと敬意を表するようにいい添えてから、

「これから先方へ向かうところです」

「ご苦労さまです」

こちらも丁重に答えながら、夕子は目の前に掛けている参考人に気付かれないよう、デスクより低いところで手をのばして桜木にVサインを送った。

浜岡《はまおか》警部とほか二人の捜査員が元麻布の城崎宅を訪れたのは、その日の午後七時すぎだった。

「少々またお尋ねしたいことがありまして」と穏やかに告げた警部たちを、治子《はるこ》が玄関脇《わき》の応接室へ通した。叔母のトヨ子は今日広島の自宅へ、長男も大阪の勤務地へ帰り、次男は外出中だそうで、邸の中はひっそりと静かだ。もとより克臣の遺産相続人である治子の二人の息子は、捜査の対象となったが、明白なアリバイが確認されていた。

「いや実は、事件以来、容疑者の男性を何度か本部へ呼んで追及していたのですが、なかなか自白に至りませんでね」

浜岡はその体格にふさわしい、悠揚迫らぬ調子で切り出した。

「そうなるとこちらも、当人が否認のまま逮捕に踏み切るには、可能な限り慎重な証拠固めをする必要に迫られまして。今のところ最も有力な物的証拠は、天現寺橋の下に落ちていたナイフです」

「はい……」

「DNA鑑定の結果、やはりあれが犯行に使われた凶器であった可能性が濃厚になりました。とすると、どのような経緯でそれが警察に入手されたか、その点も重要になってくるのです。実際は、近所に住むという女性からの携帯電話による通報だったのですが」

「ええ」

「一般に何らかの情報が警察に寄せられた場合、通報者の身許《みもと》がはっきりしているほど、その内容も信頼できると考えられているのですが、今回は残念ながら通話が途中で切れてしまいまして……」

「…………」

「渋谷区恵比寿、までは聞きとれたので、一丁目から四丁目まで調べたのですが、それらしい人物は見当りませんでした」

「あの……でも、失礼ですけど――」

治子が慎しみ深い態度でことばを挟んだ。

「実際に通報通りナイフが発見されたのでしたら、それで十分信頼できるということにはなりませんでしょうか」

「おっしゃる通りなんですが、その聞込みを行っているうちに、また別の奇妙な情報にぶつかりましてね。広尾橋商店街の商店主の方が、そういうナイフなら、自分もあの朝橋の上から見かけたというんですよ」

「………」

「近くの銀行に用事があって、朝いちばんでそれをすませ、戻ってきた時だったから、十時ちょっと前だっただろうと」

治子の目と小鼻がやや大きく開かれるのを、浜岡は見守っていた。

「確かに刃渡り十センチから十五センチくらいの果物ナイフのようで、黒っぽい汚れも見えた。その時はさほど気にもせずに通りすぎたが、あとから事件のことを知って吃驚《びっくり》した、と」

「………」

「しかし、それだとおかしなことになるのですよ。事件発生は十時十分から半の間。ところが凶器はそれ以前から捨てられていたということになります」

「たぶん、凶器ではなかったのではないでしょうか、その商店主さんがごらんになったものは」

治子はまだ十分に遠慮がちな、自制のきいた声で反論した。

「そう、それ以外に考えようがありません。しかしまあ、なにぶん重要な証拠物件に関わることですので、念のため、通報者の電話の録音テープを再生してみたのですよ」

「テープ？」

思わずの感じで治子が首を突き出した時、浜岡が部屋のドアのほうを見て、軽く会釈した。玄関にいた捜査員に案内されて、夕子と桜木が入ってきたのだ。

部屋の隅の椅子《いす》に、二人はそっと腰をおろした。

浜岡の視線が治子に戻された。

「おそらくあなたもご存知かもしれませんが、一一〇番通報はすべて録音されます。が、各警察署では、一般に電話を常時テープにとっているわけではありません。が、今回は捜査本部の設置が決まった時点で、署長の判断で外部からの電話は全部録音することにしていたのです」

「…………」

「電話は午後一時十三分、若い女性らしい喋《しゃべ》り方で、天現寺橋の上から掛けているということでした。携帯電話なので時々声が切れたりしたが、交差点の騒音もはっきり聞こえ、別段不自然な様子もなかったのです」

「ええ」

「でもね、ちょっと考えてみればわかることですが、電話のバックグラウンドなどというものは、いかようにも演出できるのです。浜辺の波の音や虫の声を録音したテープなども市販されているし、たとえばテレビの歌謡曲を流しておいて、カラオケボックスからだといえば、いかにもそれらしく聞こえる。逆にそう誤解される場合もありうるわけで……」

浜岡はまたチラと夕子に視線を投げたが、夕子は素知らぬ顔で耳を傾けている。

「で、まあ、電話のテープをさらに注意深く聞いてみると、最後にちょっと救急車のサイレンが入っていたのです」

治子は息を吸いこんで背筋をのばした。

「参考までに消防署に問い合わせたところ、また奇妙なことに、十月六日の同時刻頃、天現寺交差点付近を救急車が通った事実はないという回答なんですね。時間的にもっとも近くでは、その二日前の十月四日午後三時頃だと。するとおそらく、交差点の騒音はその時テープに取られ、救急車のサイレンも録音された。通報者はそのテープを回しながら、そばで携帯電話を掛けたのではないかという推測も成り立つわけです。まあ、通報者としては、その電話が警察側に録音されることはなるべく避けたいので、一一〇番ではなく、所轄《しょかつ》署に掛けたのかもしれませんが、さっきも申しあげた通り捜査本部でも――」

つい に浜岡のことばを遮った治子の声には、どうにも抑えきれない、苛立《いらだ》ったような抗議の響きがあった。

「電話通報のことにずいぶんこだわっていらっしゃるみたいですが、いずれにせよ、凶器が天現寺橋の下に落ちていたのは事実なのです。警部さんが誰よりもご存知のように、事件後はずっと家に足止めされていた私が、いくらそんなお話を伺っても、何もご参考になるようなことは申しあげられないと……」

「わかっていますよ。あなたが事件後夜まで一歩も外へお出にならなかったことは。従ってあの日は凶器を捨てに行けなかったということもね」

浜岡は「あの日」にちょっと力をこめた。

「しかし、事情聴取は一時の休みもなく続けられたわけではありませんでしたね。この点もわたしはよく記憶していますが、まずわれわれが到着して間もなくの十一時前から二時間ほど話を聴き、そこでいったん中断した。あなたが事件を親戚《しんせき》知人に知らせ、葬儀の日取りを決めなければならないといい出し、わたしも本庁と連絡をとる必要がありましたからね」

「………」

「失礼ですけど……」

「あなたは事情聴取が中断された直後の午後一時十三分頃、この家の中から麻布署へ電話を掛けたのではありませんか」

「電話？……だって、事件の直後では、自分の家の電話さえ勝手に使えるような状態ではなかったわ」

「あなたは携帯電話をお持ちではないですか」

「いいえ」

「では一時的に人に借りたか、プリペイド式のものを入手して、あとで処分したとか。ふつうの携帯電話では、電話機ばかりか、電話会社にも通信記録が残りますからね」

「…………」

「捜査員の耳に入る恐れのない場所で、あらかじめ天現寺橋の上で街の騒音を録音しておいたテープを回しながら、携帯電話で麻布署に掛けた。わざと高い声で若い女の喋り方を真似《まね》て。時々テープレコーダーのボリュームをゼロに絞って、自分も黙ってしまえば、電波状況が悪くて声が聞こえなくなったと思わせられる。それなら最後に住所氏名を答えかけてプツリと切れてしまっても、電波の状態がいよいよ悪化して、通話不能になったとこちらは考えるだろう」

「何をおっしゃっているのか、私にはわけがわかりませんわ」

治子は再びかろうじて感情を抑えた声でいい返した。

「とにかくあの日は家中を調べられて……」

「主に離れを調べたのです。それに、たとえばあなたがトイレやバスルームへ入ってしまえば……」

「それは離れへ行く廊下の途中にあるんです。あのへんはのべつ警察の人がウロウロしてたわ」

「バスルームは二階にもあるんじゃありませんか」

何かいい返そうとして息を吸いこんだ治子は、ふいにそのまま口をつぐんで静止した。

どれほどかして、彼女はそろそろと首を回《めぐ》らせて、応接室の隅に掛けている夕子のほうを向いた。何かが意識にひっかかって、それを見極めようとでもする眼差《まなざし》で夕子を凝視《みつ》めた。

夕子はまるで治子の思考を手助けするように、ゆっくりと口を開いた。

「昔はお客さまも多かったと、いわれてましたわねえ」

その独特ののどかな響きの声は、急に治子の張りつめた防衛本能を狂わせたかのようであった。

「私が、家から麻布署へ電話したなんて、そんな証拠がどこにあるんでしょうか」

彼女はまた浜岡に向き直って抗議したが、表情が崩れかけ、口調は今までより少ししどろもどろに聞こえた。が、彼女はけんめいに声を張って続けた。

「そもそも電話以前に、私は事件後天現寺橋まで凶器を捨てに行くことが不可能だったのですから」

「確かに、事件後はね。しかし、事件前なら可能だったでしょう」

「それは……どういう意味ですの」

「凶器が二つあったということですよ。あなたは事件の何日か前、第一のナイフで克《かつ》臣《おみ》さんのどこかを傷つけて出血させ、その血をナイフの刃や木の柄に付着させた。古くなってくぼみができた木などに染《し》みこんだ血痕《けっこん》は、めったに消えないものです」

「………」

「その後、克臣さんの傷がすっかり治ってしまってから、あなたは最後の犯行に着手した。まず十月六日の午前三時頃、あなたは血痕のついたナイフを、天現寺橋の下へ捨てに行った。犯人が川の中へ捨てようとして、ヘマをして護岸の上に落としてしまったと思わせるような、うまい場所に落下させたものです。たぶん天気予報でしばらく雨の心配のないことも、確かめてあったのでしょうな」

治子《はるこ》は何度か遮ろうとするふうだったが、唇が震えただけで声にはならなかった。

「六日の朝、あなたは第二のナイフで克臣さんを刺殺した。刃の大きさが第一のナイフとほとんど同じで、柄はプラスチック製のものを選んだ。プラスチックなら木のように血が染みこまないからです。犯行後はなるべく早く自分で警察に届けるつもりだっただろうが、幸い、電話を取りつぎに行ったトヨ子さんが第一発見者になって一一〇番した。警察が到着し、事情聴取が中断した午後一時十三分、あなたは捜査員に聞こえぬ場所から麻布署に電話して、天現寺橋の下に捨てておいた第一のナイフを発見させた。DNA鑑定の結果、血痕は克臣さんのものと特定され、それが凶器と断定されれば、あなたは容疑を免れると考えたのだ」

「嘘《うそ》よ、第二のナイフなんてどこにあるの」

「キッチンの流しの下の開き戸の内側に、第一のナイフとほとんど同じ大きさの、プラスチックの柄のついた果物ナイフが掛けてありましたね。ルミノール反応はマイナスでしたが」

「ほらごらんなさい。私を罠《わな》にかけようとして。第一、そんな擬装ができるわけないわ。何日も前の古い血の付いたナイフを捨てておいたって……」

そこでまた、治子は引き寄せられるように夕子のほうへ顔を向けた。

夕子は静かに頭を振って答えた。

「法医学の専門家にお尋ねしましたら、今日付いた血か、十日くらい前の血かなどは、検査しても区別がつかないそうですわ。それから、ルミノール反応というのも、必ずしもあてにならなくて、牛肉を切ったあとでもプラスになるかと思えば、人を刺したあと徹底的に洗ってしまえば、反応は出ないそうですねえ」

「十月六日午前三時頃、あなたが天現寺橋を往復したことを物語る有力な情報を、われわれは入手している」

浜岡が底力のある声で畳みかけた。

「おそらくあなたは、往《い》きは歩いて行ったんでしょうな。そんな時刻には人っ子一人通らない寂しい高級住宅地の高台を縦断して。あなたの足で小一時間はかかっただろう。無事ナイフを橋の下へ落としたあと、再び歩いて帰るつもりだったかもしれないが、そこへ空車が通りかかった。またあの暗い坂道を一時間も歩く気力がない。自宅までではなく、天現寺橋から一の橋まで乗るだけなら、それで足がつくとは考えられないし……あなたは誘惑に抗《あらが》いきれずにタクシーへ手をあげた」

夕子の意見で、捜査本部では事件前の五日夜から、六日夜明けまでの間に、天現寺交差点と元麻布一丁目の間で中年女性を乗せた車はなかったか、都内のタクシー会社に照会していた。すると、六日午前三時すぎに天現寺橋から一の橋付近まで三、四十代の女性を乗せたという運転手の報告が得られた。その女性の年恰好《かっこう》は治子に似ていた上、黒い手袋をはめていたことが印象に残っていると、運転手は証言した。

「目下車内に落ちていた毛髪や繊維などの遺留物を検査していますが、そのどれかがあなたのものと一致するとわれわれは睨《にら》んでいるのですよ」

途中から治子は何も聞いていないように見えた。いつのまにかすっかり夕子のほうへ身体《からだ》を向けて、まるでひたむきな眼差で夕子の眸《め》をさし覗《のぞ》いていた。

「あれからすっかり寂しくなってしまいましたの。義父《ちち》がいなくなってから……こんな気持になるなんて、思いもよらなかったのに……」

低い声で話し出すと、治子の眸から涙が溢《あふ》れて、こわばった頬に筋をひいた。

「きっと義父は、まるきり油断していたんですわ。私など、とるに足らない存在だと思って……でも、私、ほんの少しでよかったんです。ほんの少し、義父が私を犒《ねぎら》ったり、大事に考えてくれたら……そう、自分だけじゃなく、私の人生だって、やっぱり一度しかないものなんだって、理解してくれたら……」

「よくわかりますわ、あなたのお気持は」

夕子のおっとりとした声が、話すうちに不思議に治子の表情をやわらげるように見えた。

「でも、もしかしたら、いちばんむずかしいことなのかもしれませんねえ。自分の一生とまったく同じだけ、他人にもその人生がかけがえなく重いものなのだと、それを心底から感じるということはね」

早朝の手紙

1

三十四歳の独身OLである坪内昇子《つぼうちしょうこ》がその朝六時にマンション八階の自室を出たのは、会社へ行くためではない。彼女の勤め先は世田谷区経堂《きょうどう》にある出版社の美術雑誌の編集部で、中央区勝どき二丁目の自宅から一時間十分はかかるものの、そうした職種は概してふつうの会社より朝の始業が遅い。

長袖《ながそで》シャツにベスト、ショートパンツにスニーカーというスタイルの彼女の肩には、クラブ数本をさしこんだ細長いビニール製のバッグと、財布やハンカチ、ゴルフ用手袋などを入れたポシェットのベルトが下っている。

慣れない早起きをして、出勤前にゴルフの練習など、昇子にはきわめて例外的なことだが、今週の土曜には純君と、そもそも彼との出会いをつくってくれた彼の会社の上司・クラさん夫妻とのラウンドがあり、ビギナーの昇子もせめて今度だけはあんまり恥しくないゴルフをしたい。というのも、それは会社を辞めていくクラさんの送別ゴルフで、そして今後は自分たちもゴルフどころではなくなるかもしれないといった悲壮感が、逆に練習の原動力になっているようでもある。それくらい、カナダ材輸入を主とする彼の会社の業績は落ちこんでいて、たぶんもう先は長くないと、昇子は恋人の戸川純太から絶望的な内情を聞かされていた。こんなことになるなら、自分も無理してマンションなど買わなければよかったのだが、それは純太と知りあう以前のことだったのだから、今さら悔やんでも意味ないわけで……。

眠気の残る頭の中はモヤモヤと烟《けぶ》っているが、足どりは機敏に一階でエレベーターを降りた昇子は、ひっそりとほの暗いロビーを横切りながら、壁際《かべぎわ》のメールボックスへ習慣的な視線を投げた。

十一階建マンションのフラットの数だけ並んでいるステンレスのボックスの自分の分の扉の下から、白い封筒が少しはみ出しているのが見える。今の時間ではまだ郵便の配達はないから、たぶんＤＭが直接投入されたのだろうと思いながらも、近付いて扉を開けてみると、上から朝刊に押し出されかけたような恰好《かっこう》の封筒があり、手に取ると表に〈坪内昇子様〉と宛名《あてな》だけ、見憶《みおぼ》えのあるペンの文字が認められた。裏を返せば〈槙《まき》さおり〉と、筆跡から予想した通りの名前があった。

新聞はそのままにして、昇子は封筒をつまんだまま、マンションの玄関を出た。うす白い雲のひろがる空は十分に明るいが、外気は思った以上の冷えこみだった。そういえばもう十月なのだもの――。

昇子は一度バッグを揺すりあげ、練習場のある晴海《はるみ》の方向へ歩き出しながら、指先で封筒の上部を破り始める。さおりは昇子と高校、大学が同級の主婦で、ここから歩いて二十分ほどの月島三丁目に住んでいる。学生時代から筆まめの上、家庭の悩みが絶えず、仕事で忙しい親友の昇子に時たま長い手紙をくれることがあった。

でも、これは直接メールボックスに入れられた模様で、昨夜十一時半に帰宅した時にはなかったから、夜中か、今朝も新聞配達より早くに……と考えるうち、何か胸騒ぎに似た不安感が昇子の鳩尾《みぞおち》にせりあがってきた。ここ何年かの彼女の寂しい結婚生活、とくにこの半年あまり、不眠に始まって、耳鳴りとか胸がキリキリ痛むとか……さまざまの状況が一度に脳裡《のうり》に上ってきた時、封が開いた。

さおりがよく使う罫《けい》のない薄い和紙の便箋《びんせん》が二枚出てきた。

〈昇子、ごめんなさい。私、もうどうやっても、この先今の暮らしを続けていく気力がないの。自分があんまり惨《みじ》めで、せめてあの人といつも星を見ていた幸せな思い出の場所から……さよなら

槇さおり〉

少女めいたか細い文字は確かに彼女の筆跡だが、ふだんよりいっそう弱々しい乱れ方だ。

二枚目は白紙。

急いで読み返す。それから息をのんで立ち止まり、またぐるしい思考が昇子の頭の中をかけめぐった。

これはもしかして自殺を予告する手紙ではないか？

そう思い至るまでに、多少の時を要した。最初は家出するつもりかと感じたのだ。でも、それならもっと綿々と決意のほどを書き連ねそうなのに、このいつにない、儚《はかな》いほどの短かい文面。そして彼女の手紙はたいてい「かしこ」で終り、決して「さよなら」とは書かなかった！

「まさか」

昇子は強く呟《つぶや》いて、不吉な想像を払いのけるように頭を振った。

「まさか、嘘《うそ》よ……冗談でしょ」

それにしても、このまま放ってはおけない。救急車か警察、と思い、ほんとに自殺？——とまた迷いがかすめた。と同時に、「あの人といつも星を見ていた幸せな思い出の場所」という部分が改めて目についた。それがどこか、昇子には直線的に予測できる。

急いであたりを見回す。運河一つ越せばすぐ晴海埠頭《ふとう》で、ホテル、マンション、オフィスビルの向こうに倉庫が建ち並ぶ埋立地の広い路上には、まだほとんど人影はなく、大型トラックや冷凍車などが迫力あるスピードで走り過ぎて行く。視野の中に公衆電話はないし、あいにく携帯電話もポシェットに入れていなかった。

走れば五、六分——と思った瞬間から昇子は走り出していた。そのあとで肩にかかるクラブの重さに気がつき、バッグを外して、道路脇《わき》の駐車場のフェンスに立てかけた。ポシェットだけ吊《つ》るしたまま、全力疾走を続けた。

朝潮運河に掛る黎明橋《れいめいばし》を渡り、左へ曲った先に、さおりの夫で美術評論家の槙圭一郎《けいいちろう》が仕事場を持つ十八階建の高層マンション、東京ベイレジデンスが聳《そび》え立っている。槙にはもともと月島三丁目に親譲りの土地と家があり、彼とさおりはそこに住んでいるのだが、もうここ一年半以上、槙は仕事場に寝泊りする日のほうが多く、つまり夫婦は別居に近い状態にあった。

昇子はスイングドアを押して、こちらもまだ静かな玄関ホールへ走りこんだ。管理人室の小窓の奥にも人影は見えない。

突き当りにもう一つ、厚いガラスの扉が閉っている。その横に0から9まで数字の並んだプッシュフォンのようなものがあり、昇子は迷いなく四桁《けた》の数字を押す。それで扉が開いた。入居者のための共通の暗証番号で、昇子は以前、槙からもさおりからも聞いて記憶していた。

扉の内側にある三台のエレベーターは全部一階で停っていた。

槙の仕事場のある十一階はそのまま通過した。

昨夜は仕事先の大阪からまっすぐマンションのほうへ帰るといっていた彼は、どうせまだ寝ている時刻だし、一分も無駄にはできない。

最上階の十八階で降り、屋上への階段を駆けあがる。

重いドアを押して出ると、思いのほか風もなく、下界の騒音が一塊《ひとかたまり》になってのぼってくる感じだ。

墜落防止の高い金網で囲われた屋上は、一メートル前後の柵《さく》で二つに仕切られていた。

ドアを出た右側にはお稲荷《いなり》さんの赤い鳥居と小さな社、それに錆《さび》の出始めた白いベンチが数脚散在している。眼下にひろがる東京港の景色を楽しむための展望台のようなエリアだ。

八年前、槙が四十歳、さおりが二十六歳で結婚し、（槙は離婚した妻との間の子供二人を抱えての再婚だったが）それから一年もたたず槙はここの十一階の一フラットを購入して仕事場にした。何かと派手好きの彼は見晴らしのいい新築マンションに一目惚《ぼ》れしたようだったが、さおりには、いずれ子供たちが独立して夫婦二人だけになったらここに住もう、それがここを買った最大の目的なのだと話していたらしい。そんな先の約束ばかりでなく、彼は新婚の若妻をしばしばこの屋上へ誘い出し、東京港とその先にある羽田空港の夜景や、都会の大空に散らばる星を二人して眺めたものだという。昇子から見れば、彼はそうした小まめなサービスでもさおりを喜ばせ、むずかしい年頃の先妻の息子と娘の世話を体よく押しつけたのだと察しがつくのだが、純なさおりにとっては、その頃の二、三年が最高に幸せな時期だったのではないだろうか。

でも今はどうだったか——？

右側の区域に誰もいないことは一目でわかった。

左側には機械室や給水タンク、ダクトみたいなものが集まっているようだ。そちらへは柵の仕切りが途切れている間を通って入れる。

「さおり……さおり……」

無意識に呼びながら、機械室の角を回りこんだ直後、昇子はあっと声にならない叫びを発してその場に立ち竦《すく》んだ。

隣りにもう一つある機械室との間に鉄パイプが渡されていて、そこにナイロンストッキングを掛け、淡いモスグリーンのコートを着た女がぶらさがっていた。長めの茶色い髪の何本かが、まったく血の気のない頰にからみついている。目が窪《くぼ》んでやや頰骨の出た蒼白《そうはく》な横顔。薄地のコートにも見憶えがある。その下は細すぎる脚と茶色のパンプス。尖《とが》った靴先が足許《あしもと》に重ねられたブロックにぶつかった形でわずかに宙に浮いている……。

それらが千切れ千切れに昇子の網膜をかすめ過ぎ、つぎには嗚咽《おえつ》か嘔吐《おうと》かわからない発作のようなうねりが身体《からだ》の奥底からつきあげてきた。

昇子は両手で自分の顔半分を被《おお》い、肩を波打たせ、異様な呻《うめ》きを洩《も》らしながら、しばらくはその苦悶《くもん》とたたかうほかなかった。

どれほどかして——彼女はようやく顔から手を離して、目の前のものへ再び視線を注いだ。が、なぜかどうしても、もう一度女の顔を直視することができなかった。でも、これがさおりであることは疑いようがない。コートの袖の先から垂れている場ちがいにきれいな白い手には、彼女が槙から贈られたダイアとエメラルドのエンゲージリングが薬指の付け根にしっかりと嵌《は》められているのだし。

あの男が悪いのよ。

はじめてはっきりとした感情が湧《わ》きあがった。

あの男がさおりを誑《たぶら》かし、不幸にし、死にまで追いやったのだ！

猛然と噴きあげてきた怒りと憎しみがまた吐き気に変わりそうで、昇子は自分をなだめるように顔を逸《そ》らし、屋上の外へ目を向けた。近くには同じくらいの高層ビルはなく、機械室に挟まれたうす白い空間には、晴海運河対岸の豊洲《とよす》埠頭の建造物が朝靄《あさもや》にかすんでいる。

この死体は当分発見されないだろう……。

奇妙な感慨のようなものがぽっかりと昇子の脳裡に浮かんだ。こんな肌寒い曇天に屋上へ景色を眺めに来る人もいないだろうし、たとえ来てもここは機械室の陰になって気づかれない。管理職員が朝から機械の点検に来るとか、すぐそばをヘリコプターでも飛ばない限り……と考えながら、彼女は無意識に周囲を観察し、機械室の脚元に茶色い小型のバッグが置かれているのを見つけた。

しゃがんでバッグを開けてみた。中には財布、ハンカチ、化粧品などの小物と、黄色い革細工のホルダーに繋《つな》がれた一箇《こ》のキイ。さおりの自宅の鍵《かぎ》にちがいないと思われる。

昇子はしばらくそれをみつめ、やがて少し顔をあげて、目の前の機械室の壁を凝視した。眸《め》も身体も微動もせずに眼前に向いていたが、何も見てはいない。ただ、突然自分の頭の中で一つの不思議な細胞が発生し、それがつぎつぎ増殖して、みるみる何か異形なものを形づくっていくことに、全神経を吸い寄せられていた。

やがて、昇子はキイホルダーをつまみあげ、それに付いた一箇のキイを掌《てのひら》に食いこむほど握りしめた。

振り返って、ほとんど無風の屋上で静止しているモスグリーンのコートの裾《すそ》を眺めた。

可哀相《かわいそう》に……私が復讐《ふくしゅう》してあげるわ！

キイをショートパンツのポケットにしまって立ち上った昇子は、素早くつぎの行動に移ったが、さおりの顔を見ることだけはやはりどうしてもできなかった。

2

一分も無駄にはできない。

さっきとは別の意味で、昇子は必死に急ぐ。しかも、今度は極力人目を避けなければならないのだ。

下りエレベーターに乗った時は六時三十五分になりかけていた。一階に着くまでに、出勤の早いサラリーマン風の男性が二人乗ってきたが、昇子は奥で不自然でない程度に顔を伏せていた。

マンションを出ると、再び全力疾走。広い道路には車の量が増え、ジョギングの人影もちらほら見られた。昇子も人目にはその一人と映るだろうが、ゴルフ用の両手袋をはめ、左腕にコートをかけているのがよく見れば奇妙と思われるかもしれない。

黎明橋をさっきとは反対方向に渡ると、来る時駐車場のフェンスに立てかけておいたゴルフバッグが目に入り、ハッと気がついてそれを取りあげた。

自分のマンションのロビーの、目立たない片隅へ運び、すぐまた外へ出た。

隅田川に掛る勝鬨橋《かちどきばし》の手前の道を右へ曲り、細い運河を一本渡ると、月島三丁目の古い住宅街になる。先へ行けば多種類の小さな商店や飲食店がぎっしりと隙間《すきま》もなく密集しているのだが、少し手前の一画には、小ぢんまりした木造家屋がいくつか、適度な間隔で建っている。

槙《まき》の家はその中の一軒だ。ほかにも彼は、倉庫業者だった父親から晴海の倉庫と土地を相続し、バブルの最中に地揚げ業者に売却した金で東京ベイレジデンスのフラットを買ったと昇子は聞いている。

路地を入り、ガラス格子《ごうし》の引き戸の前で、昇子はもう一度あたりに人気のないことを確認した。

念のため何回かブザーを押してみたが、応答はなかった。楨はやはり仕事場に泊っているのだ。

ポケットから取り出したキイを鍵穴にさしこむと、思った通りカチリと合った。素早く玄関へ入り、引き戸を閉めて掛け金を下ろす。

廊下が奥へのび、右手の裏庭に面したガラス戸にはカーテンが閉められているが、それを通した光で家の中は十分に見分けられた。何度となく訪れて勝手知ったる家でもある。

左手に二間続きの和室。襖《ふすま》の一枚をそっと開けると、座敷はどちらもきれいに片づいて、布団《ふとん》も敷かれていなかった。

奥の台所へ入る。流しの下の開きをあけ、内側に差してある包丁の中から、使い込まれた小型の一本を選び出す。

柄には触れず、刃を持って戻りながらポシェットにしまいかけ、とても入らないと気がついた。とすれば手で持つしかないが、まさか裸では持ち歩けないし、柄が物に擦《こす》れるのも避けたい。

六畳間を見回した視線が、縁側に向かった文机《ふづくえ》の上に落ちた。さおりが日頃使っていたもので、ペン皿やインク壜《びん》、便箋《びんせん》の上にはキャップをはめたえんじ色の万年筆がひっそりと置かれていた。ほんの何時間か前、そこで昇子にあてた手紙を書いたさおりの寂しげな後ろ姿がありありと目に浮かんだ。

昇子は思わず文机の前にしゃがんで、万年筆を手にとった。

そっと便箋の表紙を開けてみた。まだ何か書いてありそうな気がして。が、表紙の下は罫《けい》を引いた少し厚目の紙と、あとは白紙の便箋ばかり。やはり彼女は、いつもそうしたように、薄紙の和紙の下に罫紙を敷いて、昇子あてに最後の手紙を認《したた》めたのだろう。

「さおり……」

昇子の眸に涙が盛りあがったが、つぎに彼女がしたのは、罫紙と便箋二枚ほどを破り取って、包丁を包むことだった。

さっきと同様、左腕にモスグリーンのコートを掛け、その下に便箋で包んだ包丁を隠し持って、昇子は無人の家を出た。無論鍵を掛けることは忘れない。

細い運河の橋の手前に、電話ボックスがあった。

昇子は財布から抜き出したカードを差しこみ、記憶しているナンバーをプッシュした。

コールサインが鳴り始めて、八回まで待たなければならなかった。ようやく、「もしもし」と槙の不明瞭《ふめいりよう》な声が聞こえた。まだ半睡状態の彼が、ベッドの中で受話器を当てているのにちがいない。

「もしもし、私、昇子です」

「なに……今、何時？」

「六時五十分」

「なんだ、そんな早くに……仕事は明日だろう？」

まだかすれたような、不機嫌な声だ。昇子の勤める美術雑誌の編集部では、近々彼に企画ものの連載を依頼する予定で、その打合せに昇子が明日の午前十一時に彼の仕事場を訪れる約束になっていた。そんなふうに、槙と昇子とは寄稿家と編集者の間柄にはちがいないが、さらにある種の関係を共有したもの同士にありがちなあけすけな親しさが、二人の口調におのずと表われていた。

「仕事じゃなくて、緊急にお知らせしなきゃならないことがあるんです。例の、税務署の件で」

「え？」と返事の声が高くなった。にわかに目が覚めたように、

「何、どういうこと？」

「電話では話せないから、今すぐ伺います」

「自宅から？」

「そうです。すぐ行きますから」

一方的に電話を切り、ボックスをとび出した。とにかく一秒でも急がなければ。その意識がかえって昇子に逡巡《しゅんじゅん》の暇を与えない。

可哀相なさおり。

みんなあの男のせいなのよ。

走りながら、昇子は頭の中で反復している。

再び東京ベイレジデンスの玄関ホールを横切り、四桁《けた》の暗証番号でガラス扉を通過した。

今度は三台のエレベーターのうち一台だけが一階にいた。

十一階で降りる。

やや入り組んだ設計で高級感を出そうとしたようなマンションで、槙の仕事場のド

アが廊下から多少ひっこんだ位置にあったことはまことに好都合だった。ドアの前の狭い踊り場で、昇子はそれまでずっと裏にして左腕に掛けていたコートを着て、ボタンもきちんとはめた。さおりの身体《からだ》から脱がせてきた淡いモスグリーンの軽いコートである。包丁を右のポケットに、包んできた便箋はひとまず左のポケットへ入れた。

手袋の指先をブザーに当てた時には、さすがに息が浅くなっていた。室内では槙が起きているだろう。こちらはドアの外で長く待たされないために、電話で起こしておいたのだ。急がなければ——。

ブザーを押した。

「ほーい」と聞こえるような返事があり、すぐドアのロックが外された。彼が内側から開けてくれたので、昇子は両手をポケットに入れたまま、中へ入り、素早く後ろ手にドアを閉めた。

パジャマの上に長目のカーディガンを羽織った槙は、ドアを開けるために前傾した身体を立て直し、少し呆気《あっけ》にとられたように昇子を見た。いつにない早朝の来訪と、そして彼女全体が身につけている何かただならぬ気配に気を呑《の》まれているのだ。

昇子はここでも彼を正視せず、ただちょっと挨拶《あいさつ》代りに会釈《えしゃく》して、靴を脱ぐためのように前へ屈《かが》んだ。つぎの瞬間、右ポケットから包丁を出し、一歩踏みこみざま、目の前にあるパジャマの下腹部から上向きに、力をこめて突き刺した。

彼が声をあげたことだけわかったが、あとは無我夢中というほかない。二回、三回と繰返すうち、彼は逃れようとしてなかば背を向けるなり、床に膝《ひざ》をついた。両手で腹を抱えこむ恰好《かっこう》で、頭から頽《くずお》れた。

かなり肥満傾向の彼の身体の下から、夥《おびただ》しい鮮血が絨毯《じゅうたん》の床に溢《あふ》れ出した。それを見ただけで、もうすでに目的を達したことが、昇子にも直感できた。

「さおり、復讐したわよ」

口に出していったつもりだが、本当に声が出ていたかどうか。

「あなたの代りに復讐したのよ。この男があなたを不幸にしたのだから」

昇子は右手の指に貼《は》りついてしまったような包丁を、ようやく放し、傍らの棚の上に置いた。

コートには相当な返り血が飛び、手袋も濡《ぬ》れているが、幸い脚やスニーカーにはほとんど血痕《けっこん》は認められなかった。

昇子は自分の衣服を汚さぬよう、注意深くコートを脱いだ。が、今度はそれを入れるものがないことに気がついた。

家の中へ入れば何か見つかるだろうが、血だらけの床を踏んで行くのには抵抗が強い。

棚の下の引き戸を開けてみた。何足かの靴のほか、新しい靴箱が紙袋に入ったまましまわれていた。これはまた好都合なことで、血の付いていない左手で靴箱を出し、袋だけもらった。

コートを畳んで紙袋に入れる時、何かガサガサすると思えば、包丁を包んできた罫紙と便箋二枚が左ポケットに押しこんであったのだった。

どうしたものか？

昇子はいっとき迷った。

どこかで捨てればいい。

だが、ふいに気がついた。これはまちがいなくさおりの便箋で、自宅の文机の上に残されているものとピタリと一致するわけだ。それならこれも有力な「証拠品」ではないか。

もしさおりでも、こうして便箋で包丁を包んできたかもしれない……。

昇子は丸まった紙を少しひろげて三枚重ね、戸棚の上の包丁の横に並べて置いた。

3

翌十月六日火曜の午前七時二十分頃、東京ベイレジデンス十一階の一一〇八号室に住む香野市郎が、出勤するために自宅のドアを開けた。

玄関まで送りに出た妻の房子とちょっと話をしていた間に、室内犬のヨークシャテリアがドアの隙間から外の通路へ出た。

「ペル」

香野は仔犬《こいぬ》に一声かけてから、妻には目顔であとは頼むと告げ、エレベーターホールへと歩いて行った。

房子はサンダルを突っかけて通路へ出た。このマンションでは、室内だけという条件でペットを飼うことが許可されている。

ペルは通路を小走りに進み、少しひっこんでこちらからでは死角になっている一一〇九号室の前の踊り場へ入りこんだ。そこでドアの下に鼻をつけて、かん高い声をたて始めた。

「ペル、だめでしょ」

仔犬を抱きあげようとした房子は、ふと足許《あしもと》に目を凝らした。ドアの下から何か赤黒いものが流れ出て通路を汚している。それはさほど広範囲ではなく、すでに乾いてもいるようだが、それにしても何だろう？

お隣りではあるが、ここにはどんな人が住んでいるのか、ほとんど知らない。

腕の中でなおも鳴きたてている仔犬を抱えて自室へ帰った房子は、少し思案してから、管理人室へ電話を掛けた。

一一〇九号室まで上ってきた管理人の田島は、ブザーを押してみたが、やはり返事がなかった。それ以前に、管理人室からここへ電話してみたのだったが。

彼は自室へ戻り、所有者槙圭一郎《まきけいいちろう》の連絡先である月島三丁目の自宅へ電話したが、こちらも応答がない。

彼は再び一一〇九号室の前へ引き返した。

ドアの下から通路へ流れ出して乾いているものが、どうも血液らしいという結論に達したところで、彼は手にしてきたマスターキイをドアの鍵穴《かぎあな》へ差しこんだ。

勝どき六丁目にある月島警察署の雪井《ゆきい》警部補ら数人が、通報から五分とたたずに現場へ急行した。管理人は直接月島署へ電話で報《し》らせ、署からここまでは車で一、二分の距離である。

玄関から上ってすぐの床の上で、年齢五十歳前後、身長百六十七、八センチ、パジャマとカーディガン姿のやや肥満体の男性が、俯《うつぶ》せに血の海に浸っていた。細身の刃が血に染った包丁が、玄関脇《わき》の戸棚の上に置かれている。

一見したところ、遺体は腹部の傷からの出血多量による死亡かと想像された。腹なら自分でも刺せるわけだが、場所は上り框《かまち》で、凶器とおぼしき包丁が手許から離れた戸棚の上に置いてあるなどの状況から、十中八、九他殺であろうと、雪井は予測をつけた。

本庁から検視官らが到着するまで、遺体に手を触れることはできない。

雪井は四十代なかばの管理人から当面最も必要な事柄を聴取し始めた。

死亡しているのは、このフラットの所有者槙圭一郎にほぼまちがいないだろう、という。

「美術評論家っていうのか、マスコミに何か書いたりされてたんじゃないでしょうか。ここは仕事場で、お宅が月島にあったようです。管理事務所に届け出の連絡先が月島三丁目の自宅になっていますから」

「では、日頃寝泊りはしていなかった？」

「さあ……」

「自宅のほかに、親族の家などはわかりませんか」

「さあねえ、ここは賃貸ではないですし、居住者の方のプライバシーまでは……」

雪井は2DKのマンションの南側の一室へ入った。海に向かってカーテンが開かれた部屋は明るく、デスクと書架があり、まわりにも本や雑誌が山積みされている。なるほど美術関係のものが多いようだ。

電話機のそばに小型のテレフォンリストがある。それを取りあげた雪井は、横の状差しに差出人が「京橋税務署」と印刷された葉書が差してあるのにチラと目を止めた。

それはさておき、リストを繰っていくと、〈槙輝一〉という名が見つかった。都内の番号が二つ記してある。

雪井は自分の携帯電話で上の一つに掛けた。

先方は日本橋茅場町《かやばちょう》にある建築会社で、槙輝一はそこの社員だという。

輝一が替わり、彼が槙圭一郎の長男だとわかった。事件を知らされ、先方はいっとき絶句していたが、

「いや、ぼくも気になってはいたんです。昨夜から家に電話しても出ないし、父とも

連絡がとれなかったんです。父はまあよくそんなこともあるけど、母が一晩家にいないってのは……」

口走るようにいう。彼は二十三歳で、昨年大学を卒業して就職し、以来神田にある会社の独身寮に住んでいると答えた。とにかくすぐタクシーでこちらへ来てもらうことにした。

本庁捜査一課の警部、検視官、鑑識課長と課員数名、警視庁嘱託医等々が相ついで到着し、本格的な現場検証が開始された。

月島署からも雪井の直接の上司に当る林刑事課長と捜査員が集まり、近隣の聞込みが始まった。

槙輝一もまもなく駆けつけた。上背はあるが、鼻梁《びりょう》の太い開放的な感じの顔や太り気味の体型は一目で父親似とわかる。

父親の遺体を確認した輝一は、しばらくはそばにしゃがんだまま、白いハンカチで両眼を押さえていた。が、やにわに顔をあげると、

「母はどうしてるんでしょうか」と切迫した声を発した。

「電話には応答なし。お宅へ捜査員をさし向けたのですが、戸締りされているという報告です」

雪井より六年先輩で四十四歳の警部・林刑事課長が答えた。

「家の鍵はぼくも持っています」と輝一。

「お宅はご両親のお二人住まいだったわけですか」

「ええ、でも父はよくここに泊っていましたから、そういう時母は一人で……それと実は最近、母は精神科で軽い鬱《うつ》といわれて、薬をもらっていたんです」

「なに……」

輝一の話によれば——

槙圭一郎は四十八歳、美術大学を卒業後、画家を志してパリへ留学もした。が、三十代後半には才能の限界を感じたのか、西銀座に小さな画廊を開いたこともあったが、うまくいかずにクローズした。だが一方では、大学で専攻し、パリでも実地に触れた近代美術史を、わかりやすく面白く書くことが評価され、四十すぎからは美術誌や展覧会のパンフレットなどに寄稿する機会が増え、女子大の非常勤講師もつとめていた。

彼は九年前、輝一と妹の翠《みどり》との実母である先妻と離婚し、二人の子供を引き取った。その一年後には現在の妻さおりと結婚したが、最近夫婦仲は冷えきっていた模様で、さおりが鬱病になったのもそのストレスが主な原因ではないかと思われる……。

「今の母が家に来た時は、ぼくは中三、妹は中一で、確かにずいぶんお世話になったと思います。でもやっぱりお互心底なじめなかったというか、妹はフランスの大学へ行ってしまったし、ぼくも就職したら家から解放されたくなって……週一くらいは電話を掛けるようには心がけていたんですけど」

一昨日まで仕事が忙しく、しばらく電話してなかったので、昨日は夕方から掛けていたが、夜半まで誰も出なかった。さおりの実家は和歌山県だし、都内で外泊する習慣もないので、どうしたのかと気になりながらも、今朝は平常通り会社に出ていた……。

「父にも昨夜電話してみました。やっぱり出ませんでした」

捜査員二人が輝一と同乗して月島三丁目の家へ行き、彼の鍵で中へ入って様子を報らせてきた。どの部屋もきちんと片づけられ、文机《ふづくえ》の上に便箋《びんせん》と万年筆が置かれていたが、書き置きの類《たぐい》は発見されなかった。また、水屋の引出しの中に、築地《つきじ》にある精神神経科医院の薬袋があり、中には服《の》みかけの錠剤のシートが入っていた、という。

捜査員らはその足で精神科医院へ赴いた——。

槙さおりはいつ家を出て、どこへ行ったのか？

もしいるとしたら、この近くではないか——雪井は漠然とそんな予感を持った。

午前十一時、室内の電話が鳴り、指紋採取がすんだあとの受話器を捜査員が取った。

「ガイ者に来客のようです。〈現代美術〉という雑誌の編集者で坪内昇子という女性が、仕事の打合わせのために槙を訪ねる約束だったとか……」

相手は事件を知らずに来て、ロビーから槙に館内電話を掛けた模様だった。

林と雪井がひとまず会うことになった。

エレベーターから出て来た女性は三十三、四歳、とりわけ美人というのではないが、はっきりした二重瞼《ふたえまぶた》のよく光る眸《め》と上唇《うわくちびる》の尖《とが》った口許が、回転の速いキャリアウーマンといった印象だった。

何か変事を察したのか、彼女は出迎えた私服の二人を不安げに見較《みくら》べた。

林が自分たちの身分を告げ、先導する形で通路を歩き出した。エレベーターホールと現場一一〇九号室との間に、窓側にちょっとせり出して観葉植物と灰皿を置いたスペースがある。二人はそこで立ち止まった。

「こんな場所で恐縮ですが、まだ現場検証中ですので……」

「え？」

そこで林が、今朝槙が刺殺と見られる死体で発見されたことを簡単に告げた。相手は息をのんで、すぐには信じられないという顔だ。

「槙さんにはどういうご用件で？」

「ええ……ですから……うちでは新年号から、槙先生に明治から戦前までの近代美術史をわかりやすく跡づけるような連載企画を……」

ショックのためか、唇が目に見えて震えている。

「あなたが担当編集者？」

「はい」

「お付合いは長かったのですか」

「そうですね、初めてお会いしてからでは十年以上になります。最初のうちは、そんなにお仕事をお願いする機会もなかったのですが、だんだん先生のお名前が売れてきて……それと……」

昇子は何か迷うふうに黙りこんだが、二人の凝視に促されて再び口を開いた。

「先生の奥さんのさおりさんと、私、高校から大学がいっしょの親友なんです。彼女を最初先生にご紹介したのも私で、その後まもなく二人は結婚して……ですから私は、むしろさおりさんのほうと親しかったんですけど」

「それでは、昨日から今日にかけて、さおりさんから何か連絡はなかったでしょうか」

勢こんだ林の問いに、昇子は弾《はじ》かれたような表情を見せた。

「あの、さおりがどうかしたんですか」

この時、敷板を並べた通路を近付いてくる二つの人影に気づき、雪井の視線がそちらへ流れた。エレベーターホールでは署の警察官が人の出入りを厳しくチェックしているので、こちらへ入って来られるのはそれだけの理由がある人物のはずだが——。

二人の顔が認められる位置まで来て、ああ、と雪井は思い当った。

初秋にふさわしい薄茶のパンツスーツでころりとした体形を上手にカバーし、相応の緊張感をたたえた機敏な足運びだが、その上にあるつやつやしたお多福顔に漂っているどことはないおっとりとした趣は生来のものなのか。半歩後ろを従《つ》いてくる長身、黒縁眼鏡の青年とを合わせて見れば、ああ、あれが例の「花の一方面」、現場好きで知られる……と、はじめて出会う雪井にも早々に察しがついた。

雪井と林が会釈《えしやく》し、二人も軽く挨拶《あいさつ》を返す。昇子はといえば、別の参考人でも来たのかと思ったらしく、煩《わず》わしげな視線を投げ、一瞬、場ちがいにも見える女性の顔を怪訝《けげん》そうに眺めたが、すぐ視線を林の顔に戻した。

「ねえ、さおりは……彼女もここへ来ているんですか」

「坪内さんは最近いつ、さおりさんとコンタクトされましたか」

「ええっと……先週木曜の晩彼女からうちへ電話があったんですが、妙に思いつめたみたいな、何かふつうじゃない感じだったので、一度ご主人ととことん話しあってみたらと……」

またも通路の先に慌《あわただ》しい動きが感じられ、紺の現場服、同色の帽子に白い手袋をつけた捜査員が荒い息遣いで歩み寄ってきた。

彼は林に近付き、耳許《みみもと》で何か囁《ささや》く。雪井も耳をそばだててそれを聞き取ると、思わず上司と緊迫した視線を交わした。

林は昇子に、

「しばらくここでお待ちいただけませんか」と告げ、雪井に微妙な目くばせを送ると、気忙《きぜわ》しそうにエレベーターホールへと歩き出した。

捜査員は現場の室内にいる本庁の警部らへ報告に行くようだ。

残された雪井には、刑事課長の目顔のメッセージがおよそ推察できた。地検から担当検事がわざわざ現場へ臨場した限りは、すでに判明している事項を説明し、要所要所を案内するなど、適切な対応をとらなければいけない……。

「月島署刑事課一係長の雪井です」

彼が自己紹介すると、相手はふくよかな受け脣《うぐち》から、かん高く澄んでゆるりとしたトーンの、なんとも独特の声を発した。

「東京地検一方面係主任の霞《かすみ》でございます。まあ、最近は厳密には一、二方面といわなければいけないんですけど」

お噂《うわさ》はかねがね、といいかけて雪井はことばをのみこみ、約三時間前の通報から始まった事件の詳細を説明にかかった。

が、幸い検事はすでにおよその情況を把握しているようだ。一一〇番にせよ、署からにせよ、警視庁へ通報された事件は、ふつうはまず警察が現場を見て、ある程度時間が経過してから地検へ連絡されるのが常で、その時点で重要事項は洩《も》れなく伝えられるわけだった。

今回、地検への一報以後に判明した重大情報といえば——

「今、屋上で何か……？」

検事のほうからいわれ、雪井は彼女の耳聡《みみざと》さに驚嘆すると同時に、そのよく通る声が後ろにいる坪内昇子に聞こえなかったかと気になった。

「ええ……これからそれを……」

雪井はあいまいに答えて歩き出した。

三人でエレベーターに乗ってから、自分もつい今しがた知ったばかりのことを話した。

「たぶんマンション内を聞込みしていた者が得た情報だと思うんですが、昨日の朝六時十五分頃、最上階の十八階に住む主婦が、屋上へ上る階段のほうで慌しい足音と、屋上のドアが閉まる大きな音を聞いたとの話があり、それで屋上を捜索したところ……」

十八階で降りると、階段の上り口にはすでに制服警官が立って、関係者以外の足止めをしていた。

屋上へ出るドアは開放されていた。

そのドアの蝶番《ちようつがい》のあたりを、検事はなぜかいっとき熱心に眺めていたが、三人はすぐまた急ぎ足で機械室などのある区域へ入った。林とほか三、四人の現場服の男たちが、海のほうを見て立っていた。

雪井たちもそちらへ近付いて、同じ方向へ目を注いだ。

機械室の間の鉄パイプにナイロンストッキングを掛けて、淡いモスグリーンのコートを着た瘦《や》せ型の女性が首を吊《つ》っていた。縊死《いし》特有の蒼白《そうはく》な顔を虚空《とくう》に向け、薄地のコートの前や袖口《そでぐち》にどす黒い汚点《しみ》が飛び散っている。

「かなりの返り血を浴びていますね」

雪井は思わずほっと嘆息を洩らして呟《つぶや》いた。すると、隣りにいる小柄な女性検事の口から、またも周囲に響くかん高い声が発せられた。

「それにしては両手がきれいだわ。手袋をはめていたか、それともどこかでよく洗ったんでしょうね」

4

東京警視庁では、管轄《かんかつ》の二十三区と東京都内に属する諸島を七方面に区分けし、各警察署を統轄する方面本部を設置して事件の捜査に当っている。

それに対応して、東京地検では、警視庁の七方面から上げられてくる事件を五つの方面係で処理していた。刑事部長の下に五人の副部長、その下に五人の方面係主任検事と所属の検事たちが配置されていた。

それが、平成九年九月から、方面係は三班に絞られ、ほかの二つは麻薬班と外事班となり、全部で「五班」と呼ばれる構成に変った。それだけ最近は麻薬と外国人絡《がら》みの犯罪の増加が著しいといわなければならない。

その結果、従来の一方面係は一、二方面をカバーすることになった。丸の内、中央、築地署等々の管内、水上署管内、つまり都心部から東京湾沿い、さらに大島、八丈島などの伊豆七島に小笠原諸島までの広域な従来の一方面に加え、品川、大森署管内などの二方面も担当しなければならない。そこで霞夕子《ゆうこ》は正式には一班の主任検事になったわけだが、通称では従来通り「一方面係主任」と呼ばれていた。

都心部を網羅する一方面はよく「花の一方面」などといわれたものだが、これも近年は新宿署を含む四方面、池袋中心の五方面でも都会型犯罪の急増が認められる。

ともあれそんなわけで、十月七日水曜の夕刻も、霞夕子は地検四階にある一、二方面主任の自室で、手形詐欺《さぎ》事件で送検されてきた四十五歳の男性の取調べを行なった。最初から捜査本部設置が明白な事件は「本部係検事」の担当となるので、方面係主任へ配点される事件には知能犯がかなりの割合を占める。

その日の取調べで被疑者が供述した内容を、夕子が相手の面前で口述して、傍らのデスクにいる桜木洋《さくらぎひろし》検察事務官がワープロを打つ。

そうして作られた「検面調書」を、夕子がさらに読み聞かせ、相手が認めると、署名と押印《おういん》を求める。印は左人差指をくるりと回して押させるのだが、今日の被疑者は印といわれてすぐ左手を出したから、初犯ではないのだろう。

被疑者が押送人に連れられて退出すると、ちょうど五時で、窓の向こうの旧法務省のクラシックな赤レンガの建物がライトアップされたばかりだ。

待っていたようなノックがあり、桜木の応答と同時に勢いよくドアが開いて、月島署の雪井警部補が姿を見せた。昨日晴海の現場で会った三十七、八歳の、大柄でどちらかといえば体育会系の雰囲気の刑事だ。

「この間はどうも——」といった挨拶を交わしてから、桜木が衝立《ついたて》に囲われた応接セットへ彼を導いた。

夕子と雪井が対座し、桜木は三人分のお茶を淹《い》れてきて夕子の隣りに腰掛けた。

「今度の事件は当面捜査本部を設置せず、署の主導で進めることになりました」

雪井が簡潔に口を切った。

「そのようですね。林課長さんからファックスをいただきましたわ」

捜査の進捗《しんちょく》は担当検事へ逐次報告され、必要に応じて警察官が来たり、こちらから出向いたりする。

「本部が設置されなかった理由は、主に犯人性の問題だと考えられますが……」

「犯人性がさほど難しくない、つまり、およそ見当がついているということ？」

「まあ率直にいって、これは被害者の妻による無理心中に近いケースではないかとの見方が有力です」

雪井は内ポケットからサッと手帳を抜き出す。

「まず槙圭一郎《まきけいいちろう》の検視解剖の所見ですが、下腹部を三回刺されており、死因は腹部大動脈からの出血多量。死亡推定時刻は、発見時に少くとも死後二十四時間以上は経過していたため、前日十月五日朝五時から七時、場合によってはその前後も含まれるという幅を持たせた見解になってます」

一部はすでにファックスでも知らされていたことだが、夕子は黙って耳を傾け、桜木はメモを取る。

「一方、妻の槙さおりですが、ナイロンストッキングによる頸部《けいぶ》の索溝《さくこう》の状態、眼瞼《がんけん》の所見などからも、縊死にまちがいないとの判断です。死亡推定時刻は、被害者と同じく、十月五日朝五時から七時の見当で、つまりほぼ前後して死亡したものと考えられます」

「ええ。で、無理心中という見方が生まれた理由は？」

「いくつかあります」

雪井は軽くすわり直し、心なしか肩に力がこもった。昨日晴海のマンション屋上で女性の首吊《くびつ》り死体が見つかった時、そばに立っていた彼が思わずホッとしたような吐息を洩らしたことを夕子は思い浮かべた。

「まず、槙のマンションの玄関脇《わき》戸棚の上に残されていた包丁に多量の血痕《けっこん》があり、それが槙と同じ血液型であること、刃も傷口と一致するため、凶器と断定されていますが、その包丁が槙の自宅で長年使われていたものだとわかりました。昨年までいっしょに住んでいた長男の証言によるんですが」

「離婚した奥さんの子供さんということでしたね」

「そうです。しかもその包丁の柄から、かろうじて二箇《こ》の指紋が採取されたんですが、それがさおりの指紋と一致しました」

「なるほど。まあでも、家庭で使われていた包丁にその家の主婦の指紋が残っているということは、ある程度当然かもしれませんけど」

「いや、さらにですね、さおりが着ていたコートに付着していた返り血と見られる血痕の血液型も、槙と同じB型でした。DNA鑑定をすれば、槙の血かどうか特定できるわけですが」

「無理心中ということは、さおりさんがご主人を刺殺したあと、屋上で首を吊ったという見方ですか」

「その通りです。情況としても、きわめて納得できます。この一両日で槙夫婦の身辺を調査した結果がですね——」

雪井は滑らかに続けた。

槙圭一郎はいわゆる女たらしの部類に属する男だったようだ。最初の妻とは九年前、彼が三十九歳の時に離婚しているが、その原因も彼の浮気にあったらしい。

当時中二と小六の二人の子供を引き取った彼は、その世話をしてくれる女性をあわてて物色した模様で、仕事で付合いのある坪内昇子に紹介されたさおりに白羽の矢が立った。女子大を出て母校の事務局に就職していたさおりは、それまで異性と接した経験が少なかったせいか、たちまち中年男の手練手管にはまり、周囲の反対を押し切って二十六歳で彼の後妻になった。

しかし、彼が若妻を大事にしたのはほんの二、三年のことで、下の娘が高校に入って子供たちにも手がかからなくなるにつれて、またぞろよその女に目を移すようになった。

子供たちはといえば、よく家事をやってくれる義母に反抗こそしなかったが、心底なじむこともなく、長女は自分から望んでフランスの大学へ留学し、長男は就職と同時に家を出て行った。

槙は槙で、若い愛人をつくり、妻の愚痴や難詰《なんきつ》を逃れて仕事場に泊ることが多く、ほとんど家に帰らなくなった。

古い家に一人とり残された形の昨年春頃から、さおりは不眠や胸の疼痛《とうつう》など、さまざまな症状を訴え、築地《つきじ》の精神神経科へ通院し始めた。

院長はさおりを軽度の鬱《うつ》病と診断し、抗鬱剤を処方していたことを認めている。

「薬の効果で最近はやや快方に向かっていたようですが、ところがですね、院長の話によれば、鬱病の患者は治りかけが危い。ボトムの状態では何をする気力もないが、少しよくなった時期に危険な行動に走りやすいものなのだそうです」

「ああそれで、自殺する前に、自分を裏切った夫を殺して道連れにしたということですか」

桜木が思わず納得したような声をあげた。取調べでは絶対に口を挟まない彼だが、地検の自室ではフランクに意見をのべる。

「その見方が濃厚に浮上しています」

雪井がわが意を得たように大きく答えた。

「こちらの推測としては、さおりは一昨日の午前五時半頃に月島三丁目の自宅を出た模様です。晴海一丁目の東京ベイレジデンスまで、ゆっくり歩いても三十分。彼女は暗証番号を押してマンションの内部へ入り、エレベーターで十一階へ上った。これが六時前後で、部屋のドアを開けたのは槙だったと想像されます。というのは、屋上に残されていたさおりのバッグの中には、黄色い革のホルダー付き自宅の鍵《かぎ》はあったのですが、一一〇九号室のキイは見当らなかった。六時前後ではまだ槙が眠っている時間で、さおりは何回もブザーを鳴らしたか、あるいは予め《あらかじ》電話して彼を起こし、急用ができたのでこれから行くとでもいったのかもしれません。それなら、ブザーを押せば彼はすぐドアを開けたでしょう。相手が妻であれば、パジャマにカーディガンでもおかしくない。さおりのほうは、相手に怪しむ隙《すき》も与えない、踏みこみざまの凶行だったのではないか」

雪井の話はいよいよ佳境に入った感があり、桜木がまた「うーん」と感に堪えぬように頷《うなず》いた。

「夫の死を確信すると、さおりは包丁を棚の上に残して一一〇九号室を出た。自分の犯行を隠す気もなかったので、柄の指紋を拭《ぬぐ》うこともしなかった。ドアはオートロックされる。彼女はその足ですぐエレベーターに乗り、十八階で降りると、屋上への階段を駆けのぼった」

「ああ、当日の朝六時十五分頃、最上階に住む主婦が慌《あわただ》しい足音を聞いたという話でしたね」

桜木が思い当るようにいって、雪井は満足気に頷き返した。

「そう、時間的にもピタリと符合しますね。さおりは屋上へ出て、用意して来たストッキングを機械室の鉄パイプに掛け、これも計画通りの縊死《いし》を遂げたものと考えられるのです」

雪井はようやく一息入れ、冷めかけたお茶を口に運んだ。

「勿論《もちろん》まだいくつか、裏付け捜査は残っていますが、署としてはおよそこのような見解に固まりつつあるのですが――」

何か異論はありますか、とでもいった顔で、彼はちょっと下唇を突き出すようにして夕子を見守った。

「被害者に対する動機関係のようなものは、ほかには浮かんでいませんの」

夕子がおっとりと問い返した。

「槙圭一郎が二年ほど前から若い愛人をつくっていたことは、彼の仕事関係ではかなり知れ渡っていました。彼が非常勤講師をつとめていた女子大の学生で、学校側にはばれていなかったようですが、本人はあっさり認めました。が、二人の間には何もトラブルはなかったということで、また彼女は事件前日から学校のサークル仲間と伊豆半島へ旅行しており、明確なアリバイが成立したのです」

彼は苦笑いの顔を桜木にも配りながら、

「とにかく被害者は、そのほうには実にまめな人物だったようで、例えばさおりの同級生で彼女を槙に紹介した坪内昇子も、それ以前に槙と関係があるんじゃないかという噂《うわさ》が流れたことがあったそうです。こちらは本人が否定していますが、いずれにせよ一時期のことらしく、現在彼女には年下の恋人がいて、近々結婚するつもりだと、これは彼女自身が語り、上司や同僚にも打ちあけていたようです」

「異性関係以外では？」

「槙の離婚した妻はすでに再婚していて、彼女にも、長男の輝一にもほぼアリバイが認められます」

雪井はアリバイの内容を要領よく説明した。

「パリにいる長女のほうはまだ確認がとれていませんが、いずれにせよ三人共、槙を殺害するほどの動機が今のところ見当りませんね。——あ、それと、これは事件と直接関係があるかどうか、まだわからないんですが……」

彼自身は大して問題にしていない内心が見えている顔つきで、雪井は続けた。

「槙の住所地を管轄している京橋税務署が、槙に所得隠しの疑いを抱いて、調査に着手しかけていた矢先だったらしいのです。実はマンションの室内で、京橋税務署の所得税係から九月初旬に槙宛《あて》に発送された葉書が見つかり、絵画取引きについて尋ねたいことがあるので、都合のいい日に来てもらいたいといった簡単な内容だったのですが、それでこちらから問合せをしたわけです。槙が返事をよこさないうちに事件が発生してしまったので、税務署でもまだ不明な部分が多々あって、早急に調べて報告してくることになっています。勿論報告がありしだい、お伝えいたします」

「お願いしますわ」

それで雪井は残ったお茶を飲み干して、辞去する気配を見せた。宵闇《よいやみ》の空がすっかり暗くなり、対面の赤レンガがいよいよ明るく浮かび上っている。

「いやあ、この部屋はいい場所ですねえ」などといいながら、彼は背筋をのばして腰をあげた。

「さおりさんは、コートに相当な返り血を浴びていたのに、両手共とてもきれいでしたわねえ」

夕子が思い出したようにいった。

「犯行時は手袋をはめていたのかもしれませんけど、血染めの手袋などは見つかりませんでした？」

「ああ、その点は、検事さんのご指摘に従って注意深く捜索しましたが、どこからも発見できませんでした。それで彼女は手袋をはめていたのではなく、犯行後手を洗った可能性が強いと見られるのですが、一一〇九号室の室内にある水道の蛇口付近からは、さおりの指紋は検出されていません。槙の指紋ははっきり残っていますので、室内の水道は使わなかったことになります。あとは屋上の機械室寄りにある水道が考えられますが、こちらは拭われたようにきれいで、一箇の指紋も出てきませんでした」

「一箇も？」

「ああいや、それはこのように解釈されているのです」

雪井はすわり直して、しまいかけていた手帳に視線を走らせた。

「指紋についてはさっき申し忘れたかもしれませんが、一一〇九号室のドアノブには、マンション管理人と槙の指紋だけで、さおりの指紋はなく、屋上の出入口のドアノブのほうは、水道と同じく、拭われたようにきれいで、一箇も検出できなかったのです。これらの情況からわれわれが推測するには、さおりは素手で凶行に及び、両手に返り血が付着した。が、上り口に倒れた夫の死体をまたいで室内へ入ることを避け、そのまま外へ出た。が、このさい、ハンカチか何かをあてがってそっとノブを回した。外側のノブに血を付けて人目をひきたくないという心理が働いたのではないかと思われます」

「ええ……」

「そのまま最上階まで上り、屋上へ出る時も、ノブを汚さないようにハンカチをあてがったが、このドアはかなり重いので、手に力が加わり、結果的にノブを拭う形になってしまったのではないか。一昨日は午前中から雨が降り、誰も屋上へ出る人がいなかったため、事件が発見されるまでその状態が保持されたものと考えられるのです」

「なるほど」と、再び夕子は頷いた。

「彼女は屋上の水道で手を洗った可能性が高いのですが、最後に蛇口に水をかけるなどして血を洗い流し、掌《てのひら》で押さえるようにして止めたとすれば、ここでも指紋は消されてしまったでしょう」

「そう……そういうこともありえなかったとは申せませんわね」

夕子は受け唇《うぐち》をかすかにほころばせて同意した。

「それで私もまた思い出したんですけど、包丁がのせてあった棚の上に、便箋《びんせん》のような紙が三枚ほど、重ねて置かれていましたわね」

夕子たちは先にさおりの遺体を見たあとで、一一〇九号室の現場へ臨場したのだった。

「あれは……？」

「あの便箋のうち、罫《けい》の引かれた一枚に、さおりの指紋がはっきり付着していました」

雪井は自信にみちた口調に戻って答えた。

「月島の家の机の上に残されていた便箋と同じ種類でしたから、彼女はあれで包丁を包んできたと断定してさしつかえないと思います」

夕子が黙っていたので、雪井は厚い胸をひろげ、両肩をほぐすようにして身体《からだ》の力を抜いた。もうこれ以上、検事からは質問もないようだ。今度こそ手帳を閉じて内ポケットへ滑りこませた。

桜木がメモ用紙をまとめている手許《てもと》を、夕子はやはり無言のまま見守っていた。

雪井が何か挨拶《あいさつ》して立ちかけた時、夕子は急に視線を戻した。

「あの屋上へ出るドアに、ストッパーみたいなものは付いていませんでしたわねえ」

一瞬戸惑った雪井は、しかし素早く反応した。

「扉の上に付いているドアチェックのことですね、ドアが緩やかに閉まるための。確か大きな蝶番《ちょうつがい》で調節する種類もあったと思いますが、あのドアにはどちらも付いていませんでしたね。だからさおりが屋上へ出た時に大きな音がして、十八階の主婦がそれを聞いたんですよ」

「でもねえ、計画的に夫を殺し、自分も死のうと覚悟している者が、人に見咎《みとが》められないようその場所へ行く時には、もっと足音を忍ばせ、ドアもそっと閉めるものではないかしら」

「いやむしろ、逆上したような状態で、そこまで頭が回らなかったのではないですか」

「そう、それは無論考えようでしょうけど、ノブにハンカチをあてがって、汚さないようにとまで気をつけた人が……」

「手が滑ったということもあるでしょう。いや、風に押されたのかもしれない。そうですよ、海に面した高層ビルの屋上では、たいてい強い風が巻いているものです」

「ふつうはね。でもあの日は、少くとも私が屋上へ上った時には、珍しいほど微風もなく静かでしたけれど」

「何なら気象庁に問い合わせてみてもかまいませんが」と雪井は微笑を戻して答えた。

事件に対する見通しは、少しも揺らいではいないようだった。

5

　霞夕子にしても、警察の見解に対してとりたてて異存があったわけではなかった。鬱《うつ》状態のさおりが、夫を殺して自分も後を追ったという「無理心中」の情況証拠はむしろ十分すぎるくらい揃《そろ》っているし、一方、彼女が縊死《いし》にまちがいないとすれば、別の犯人が槙を殺害し、同時刻頃、同じマンションの屋上で偶然さおりが自殺したなどとは到底考えられないし、さりとて犯人に強要されて首を吊《つ》ったという納得のいく説明も見当らないのだ。

　そんなわけで、翌十月八日木曜も、夕子はいつもの通り、朝から夕方まで、東京地検の自室で被疑者や参考人の取調べを行い、桜木は傍らのデスクでワープロを打ち続けた。

　特別の重要事件ではなく、「一般押送《おうそう》」の被疑者たちの取調べは、午前十時半頃から始まり、午後五時までには終る。朝、彼らを押送してくる大型バスが、夕方にはまたみなを乗せて、勾留《こうりゅう》中の各署へ送り届けるからだ。

そこで、今回の晴海の事件に関する所轄《しょかつ》署からの報告は、火急の用件でもない限り、午後五時すぎに、と夕子は指定していた。夕子のスタンスにも、どこかゆとりがあった。

木曜の夕方は、雪井が署から電話を掛けてきた。昨日以上に威勢のいい声だ。

「さおりが花巻《はなまき》に住んでいる親友に、遺書めいた手紙を送っていたことが判明しました」

「花巻？」

「岩手県内陸部の町です。東北新幹線が通っていて、空港もあります。でも、そういうところだったので、月曜の朝投函《とうかん》された手紙が昨日の午後になって着いたんですね」

雪井の話によれば、さおりには、坪内昇子ともう一人、高校から大学までいっしょの親友がいた。安部《あべ》聡美《さとみ》というやはり三十四歳の女性で、彼女は卒業後、職場の男性と結婚したが、彼が、故郷の花巻で父親が経営していたビジネスホテルを継ぐことになり、数年前に一家でそちらへ移った。

聡美はホテルの仕事を手伝っているので、自宅宛の郵便物などは、夜家に帰ってから見る習慣だった。

昨十月七日水曜の午後十時前、聡美はその日の郵便の中に槙《まき》さおりからの手紙を見つけて封を切った。ところがそれが遺書のような文面だったことと、聡美はテレビや新聞の報道で事件を知っていたため、捜査の参考になるかもしれないと考え、翌日の今朝九時に最寄りの警察署へ届け出た。

県警本部を通じて連絡を受けた月島署では、手紙をファックスで送ってもらうと同時に、捜査員を花巻の警察署へさし向け、手紙の現物を借り受け、聡美にも会って事情を聴いてきた――。

「先刻その捜査員が戻りまして、署で手紙を検《あら》めたところ、切手には京橋郵便局の十月五日八時から十二時のスタンプが押されていました。これは前日の午後七時以後、当日の午前九時半頃までに局へ集められた郵便であることを意味するそうで、従ってさおりが五日朝五時半から六時くらいに投函したと考えて矛盾はありません。また筆跡については、聡美もさおりの文字にまちがいないと述べていたそうですし、さおりの自宅に残されていたメモなどと比較しても、まず疑いの余地はないと思われます。これで彼女が自分の意志で縊死を遂げたことが確定的になったわけです」

その手紙をこれから地検へ持参するつもりだという雪井に、夕子は別のことを尋ねた。

「事件の朝の、さおりさんの足は取れましたかしら」

それは昨日、夕子が補充捜査の一つとして指示していた。

「ええ、今日になってやっと目撃者を見つけました。その点も、これから行ってご報告を――」

「いえ……」

多少の迷いが絡《から》んだ小さな声で夕子が遮った。が、つぎはきっぱりといった。

「こちらから伺いますわ。どっちみち築地署にも用事があるし」

桜木がちょっと意外そうに彼女を見た。多数の「身柄事件」を抱えている検事は、地検での取調べが終ったあと、被疑者が勾留されている警察署へ出向いて、昼間時間のとれなかった取調べを行うのは日常的なことだが、今日はそんな予定は聞いていなかった。

「どうして今日に限って、こっちから出掛けるんですか」

まず月島署へ行くという夕子が、無数のテールランプが重層する祝田橋《いわいだばし》交差点のほうへ車を向けた時、助手席に乗った桜木が尋ねた。

「今度はずっと署から来てもらってたのに」

「まあ、なんとなくね」

夕子にしては歯切れの悪い答えになった。

少し黙っていてから、

「とにかくあの気合の入った雪井さんに、立て板に水でやられると、いよいよあちらのペースで押し切られそうだから」

さおりの自殺が確定的となり、ほかに有力な動機関係も浮上しなければ、署としては事件は被疑者死亡により捜査終結という方向に持っていこうとするのは自然の成行きでもある。

依然として夕子にも確たる反論の根拠があるわけではなかったが、しいていえば、意識の表面に微細な棘《とげ》がいくつか刺さっているような感じがあとを曳《ひ》き、一度自分でそれらをすっきりさせた上で、結論を出そうと思い立ったのだった。

月島署では刑事課長の林警部らが顔を揃えていた。

「これが、花巻から持ち帰った手紙ですが」

林がテーブルの上に封筒と便箋を並べてみせた。

便箋は薄い和紙二枚で、儚《はかな》げなペン書きの文字が五行あまり。

〈聡美、ごめんなさい。私、もう生きていく自信がなくなりました。これ以上惨《みじ》めな日々を重ねるより、あの人といつも星を見ていた幸せな思い出の場所から、すべてにお別れをする決心をしました。今までいろいろありがとう。さよなら。

槙さおり〉

十月四日

二枚目の便箋は白紙だった。

「さおりは十月四日の夜、これを認《したた》め、五日早朝、家を出てすぐのところにあるポストに投函してから、東京ベイレジデンスへ向かったものと推測されます」

両顎《りょうあご》の張った謹厳そうな顔立ちの林は、一語一語自分で確認するような話し方をする。

「聡美さんは捜査員に対して、さおりとは学生時代から昇子と三人でいつもいっしょに行動していた。さおりは筆まめで、よく手紙をくれたが、最後にさよならと書いてあるのはこれがはじめてだった。以前から手紙で家庭の事情なども打ちあけられていたので、心を痛めていたが、まさかここまで思い詰めていたとは思わなかったといって、涙を流していたそうです」

「この手紙では、自殺の意志は確かに読み取れますけど、夫を殺すとは書いてありませんわね」

「いやそこまでは、さすがに書き辛《づら》かったんじゃないですか」

「――あら、この便箋……？」

夕子が罫《けい》のない薄紙に目を近付けると、

「そうです、これは現場の戸棚の上に置かれていた三枚と同種のものです。自宅に残されていた便箋《びんせん》とも同じで、おそらくさおりは、五日朝、前夜手紙を書いた残りの便箋と罫紙を破りとって、それで包丁を包んで現場マンションへ赴いたと想像されるわけです」

林はむしろ口の重そうな人だが、その声が十分な自信とある種の解放感をたたえていることは雪井と同じだった。

「便箋の枚数も見事に符合するのですよ」

刑事課長は満足そうに口許を緩め、証拠品の箱の中から表紙のついた便箋を持ってきた。

「これはさおりの家の机の上にペンやインク壜《びん》などといっしょに置いてあったのですが、今は証拠としてこちらで保管しています」

夕子は林に断って、手を触れてみた。白地に銀色の淡い模様入りの表紙には「おとずれ」と墨筆の文字が印刷され、表紙を開くと、中は罫のない和紙の便箋がまだかなり残っている。罫紙はなかった。

「月島三丁目の西仲通り商店街にある文具店で尋ねたところ、さおりは時々そこで買い物をしていたそうです。この便箋が気に入りで、よく二冊くらいまとめて買っていったということでした。この〈おとずれ〉という便箋は店頭にもありましてね、一冊が四十枚綴《つづ》りで、それに下敷き用の罫紙が付いていました。一方、さおりの自宅に残されていたこれは、ごらんの通り罫紙がなくて、便箋は三十六枚残っていたんです。これでぴたりと合うでしょう。聡美宛《あて》が二枚、あと二枚と罫紙が包丁を包むために使用されたのです」

「それにもさおりの指紋だけが付着していたわけですよね」

そばで桜木が呟《つぶや》くのを聞いて、夕子はなにか脳圧が下っていくような、これもまた解放感とでもいうしかない感覚を味わっていた。

「さおりの足取りもつかめたのですね」

「ええ、五日朝五時半から六時の見当で、彼女を見かけた人はいなかったか、近隣の住人や、途中の道筋の定時通行者などを探して聞込みしていたんですが……」

「月島三丁目の自宅から、晴海一丁目の東京ベイレジデンスへ行く道筋ですね」

「そういうことです」と雪井が答えて、壁に貼《は》られている管内地図にボールペンのキャップを当てた。

「長男輝一氏の話では、家族のものが行く場合、ふつうはこのルートを通っていたと……」

ボールペンの先は、槙宅を出て、すぐ東北側の角から、細い通りをまっすぐ海の方向へ下り、朝潮運河に掛る晴月橋を渡って晴海一丁目へ、そこから少し西南方向へ行った先にある東京ベイレジデンスに達した。

「女性の足でゆっくり歩いても二十五分、急げば二十分もかからない距離です」

「で、最初その道筋を中心に聞込みをしていたんですが、思うような情報が得られなかったので、今日は区域も時間帯も拡《ひろ》げてみたわけですよ」

林がまた話を引き取った。

「すると今朝五時半頃、晴海三丁目の朝潮運河に面した公園を散歩している老人を捜査員が見つけ、尋ねてみますと、月曜朝やはりその時刻頃、晴海通りの勝どき二丁目の側から黎明橋《れいめいばし》を渡ってくる薄緑のコートを着た女性を見た憶《おぼ》えがあるというのです。その女性は、橋を渡り切ると、公園とは反対の、つまり東京ベイレジデンスの方向へ歩いていったと……」

そんな早朝にジョギングなどの身なりでなく付近を通行する人は珍しいので、老人の印象に強く残ったらしく、話はしっかりしていた。さおりに近い年恰好《かっこう》を彼のほうから告げ、彼女の写真を見せると「似ている」と答えたので、おそらくさおり本人であったものと署では認めた。

「黎明橋から東京ベイレジデンスまではほんの三、四分ですから、さおりは五時三十五分頃一一〇九号室へ着いた計算です。一方、十八階の主婦が屋上のドアの音を聞いたのが六時十五分、するとさおりは犯行後三十分あまり室内に留まっていたことになりますが、それはまあ、何らかの未練や逡巡《しゅんじゅん》があっても、むしろ自然といえるでしょう」

「家からの道筋がふだんとちがっていたわけですね」

「そうです。黎明橋を渡ったということは、さおりは家を出て、ふだんとは反対の西南方向へ歩き、細い運河を一本渡り、勝鬨橋《かちどきばし》のほうからくる晴海通りを左折して、黎明橋へ向かったと考えられます。現場マンションまでは確かに多少遠回りにはなりますが、それにしても五分以内のちがいですからね、どちらを通ってもさほど問題にはならないと思いますが」

「まあ、一つ考えられることは——」

雪井がまたボールペンを地図に当てた。

「勝どき二丁目の晴海通り沿い、黎明橋のちょっと手前のこのへんには、親友の坪内昇子が住んでいるマンションがありますから、最後にその前を通りたいといった心理が働いていたのかもしれませんね」

「でも、彼女には手紙を出していませんわね」

「ええ、今日までのところ着いていないそうですから……無言の別れをして行ったということでしょうかね」

夕子の脳裡《のうり》に、ふいに昇子の顔が浮かんだ。槙の死体発見から三時間あまりした六日の午前十一時すぎ、夕子と桜木が現場のマンション一一〇九号室へ近付いた時、通路脇《わき》の観葉植物のそばで、林が坪内昇子から話を聴いていた。いや無論その時には、夕子に彼女の氏名や職業がわかるはずもなかったが、ただ、濃紺のテーラードのかっちりとした着こなしや、口許《くちもと》を引き締めた応答の態度などから、仕事を持つ女性、とは直感していた。

夕子たちのすぐあとから、現場服の捜査員が林に歩み寄って、耳許で報告した。夕子に聞きとれたのは「屋上」ということば一つだったが、林は昇子をその場に待たせたまま、ただならぬ面持でエレベーターホールへと立ち去った。

それで夕子はつい、持ち前の性急さで雪井に尋ねてしまったのだ。

「今、屋上で何か……？」

そう、夕子は実はかなりのせっかちであることを自分で知っている。司法修習生の頃まではひどい早口でもあった。せっかちな人間が早口で喋《しゃべ》ると、それにつられるように思考はいよいよ先走りし、するとまた舌や唇はさらにめまぐるしく回転する。悪《あ》しき相乗効果が発生して、その結果による失敗や他人の迷惑は計りしれないと、ある時気がついた。

以来夕子は、相当な時間と努力によって、ゆっくりと話す癖を身につけたのだったが、なにぶん生来の志向に逆った習慣だけに、時には人に何か珍妙な印象さえ与えてしまっているようだ。

ともあれ、これも生来の、とび抜けてかん高くよく響く声だけは変えられなかった。

「今、屋上で何か……？」と夕子が雪井に訊《き》いた直後、彼の後ろに立っていた坪内昇子の顔面を痙攣《けいれん》のようなショックの波が走りすぎたのを、夕子は確かに見た。

でも、なぜだろう？

聡美《さとみ》に宛《あ》てたような手紙を受け取っていたわけでもない昇子が、なぜ「屋上」と聞いただけで、あれほど激しい反応を示したのか？

それもまた、夕子の意識に刺さったままの小さな棘の一つだったかもしれない……。

「せっかくここまで来たんですから、一度さおりさんの住んでいた家を見せて頂けますかしら」

例によって夕子がおっとりというと、林はやや不思議そうに首を傾《かし》げ、雪井はほとんど憮然《ぶぜん》とした表情を見せた。

「今からですか」

「すぐ近くでしょ？　見ないで帰るとあとあと心残りになりそうで……」

「では私がご案内しましょう」と、雪井がボールペンで掌《てのひら》を叩《たた》き、今度はやけに元気よく答えた。

若い巡査が運転して、助手席に雪井が乗った署の車が、夕子たちの車を先導する形になった。

勝どきから月島を串《くし》のように縦貫する清澄通りはもともと広い道路だが、至るところで道路工事のランプに塞《ふさ》がれ、建築中のビルも随所で目につく。中小の古ぼけた集合住宅、倉庫、雑草の生えた駐車場、かと思えば高層マンションやホテルが突出している勝どき一帯には、港湾に隣接する埋立地特有の何か雑多なエネルギーが溢《あふ》れているようでもある。

屋形舟が灯《とも》を点している運河をまたいで、月島へ入ると、俄《にわ》かに昔懐《なつか》しいような下町のたたずまいに変る。家々の屋根のシルエットの上に、公衆浴場の煙突が覗《のぞ》いていた。

雪井の車は、さまざまな業種の小さな商店が両側に隙間《すきま》もなく櫛比《しっぴ》している路地を通り、月島一丁目から三丁目へと回りこんで、もうすぐ隅田川にぶつかる手前を曲って停った。夕子の車もそれに続く。この辺りはほの暗い住宅地のようだ。

小ぢんまりした二階家の格子戸《こうしど》の前で、雪井は懐中電灯を点《つ》け、ポケットからキイを取り出した。槙《まき》の持ち家は、今は空き家の上、事件がすっかり解決するまでは警察の管理下にあるのだ。

格子戸を開けて入ると、雪井が手当りしだいに電灯のスイッチをひねったので、家の中は明るく照らし出された。

廊下の左側は二間続きの和室だった。手前の八畳に床の間があり、先の六畳が居間の感じ、その奥に台所があるようだ。

六畳の縁側に向かった文机《ふづくえ》の上には、ボールペンが二、三本入ったペン皿が置かれているだけだった。

「ここにさっきお見せした便箋や万年筆などが残されていたんです。証拠品として押《おう》収《しゅう》したわけですが」

「ええ」

もともとそのための検証令状や捜索令状なども、警察と話しあいの上、検事が裁判所へ請求するものだった。

すでに検証ずみなので、夕子は文机の引出しを開けてみた。封筒や切手、メモ用紙などが入っていた。が、便箋は見当らない。

「ここに残されていた便箋が、まだ四枚しか使われていなかったのなら、一冊買ったうちの一冊目を使い切ったばかりだったわけね」

なかば独り言を呟きながら、夕子は同意を求めるように桜木を見あげた。黒縁眼鏡の奥の眸《め》が緊張を帯びて彼女を見返し、彼は慎重に頷《うなず》いた。

「ええ、それか……あと一冊はどこか別の場所にしまってあるか、でしょうね」

「いや、新しい便箋などはありませんでしたよ」

雪井がやや怪訝《けげん》そうに口を挟んだ。

「ここは被害者と容疑者の、両方の住居ですから、家の中は隅々まで捜索したんですが」

夕子は思案顔のまま、ゆっくりと机の前を離れると、台所のほうへ歩き出した。

「もう一つだけ、調べたいのだけど……雪井さん、このへんはゴミの収集日は何曜かしら」

「ゴミ……ですか」

雪井はまた首をひねったが、

「勝どきのほうは、確か火木土の朝だったと思いますが、隣り町でも全然ちがう場合がありますからねえ……」

彼は答えながら、台所にも電灯を点した。夕子は勝手口付近を覗いた。

「もう一つだけ……もしかして、ということもあるから……」

生ゴミは残されていないようだった。さおりが家を出る前に処分したのだろう。

四角い大型の屑《くず》入れの底に、紙ゴミが少しばかり残っていた。

手を入れてその中を探っていた夕子が、「ああ」とかすかな声をあげた。

何か大きめの紙を引っぱり出して、宙にかざした。

それは〈おとずれ〉と印刷された便箋の表紙だったが、中の便箋は全部使い終り、表紙と下のボール紙の間に罫紙が一枚挟まっていただけだった。

6

翌日、月島署から事件の担当検事霞夕子への連絡は、午前十一時半の電話で始まった。今日からはいつでもいいと、昨夜夕子が雪井にいっておいたからだ。

最初電話を取った桜木が、参考人の中年主婦の話を聴き始めたばかりの夕子に目顔で意向を訊くと、夕子は出るという合図を返した。被疑者とちがって、参考人に対しては、検事は基本的に協力を仰いでいるという姿勢なので、夕子は相手にしばらく待たせることを謝ってから、衝立《ついたて》の内側へ移動して受話器を耳に当てた。

電話は刑事課長の林警部からだった。

「京橋税務署から、槙の所得隠しの一件で、調査した範囲のことを報告してきました。簡単に申しますと——」

三カ月ほど前の七月初め、千葉県市原市にあるゴルフ場の経営者Aに税務署の査察が入り、裏金の使途などを追及していた過程で、彼が約二年前の十一月、槙から、大正期の画家の作品である油絵二点を合計五千万円で購入していたという事実が浮上した。Aは、槙とは彼が西銀座で画廊を開いていた頃からの親しい付合いで、その時は槙が四点の油絵を持ち込み、Aが気に入った二点を選んでキャッシュで買い、槙の希望で取引きは互に申告しないことにした。Aはその代り、槙の言い値より安く入手したという。

さらにAの話ぶりから、槙はそれらの絵を、講演先の地方都市で素封家の邸《やしき》へ招かれたさい、偶々《たまたま》若い当主から見せられた。相手はただ亡父の所蔵品をそのまま蔵にしまっていたというだけで、美術品の知識や興味もないことを見てとった槙が、ごく安価で譲り受けてきたのではなかったか、といった事情が推察された。

千葉南税務署では、県立美術館の技官に委嘱して、Aが槙から購入した絵を鑑定してもらった結果、二点とも真物《しんぶつ》であるとの回答を得た。

四点のうち、あと二点のそれらしい絵は槙の身辺から見当らないので、もし彼がそれらも他の顧客に売却し、申告しなかったとすれば、当時槙は一億円相当の所得隠しをした疑いが持たれる。

千葉南税務署からその情報を引き継いだ京橋税務署では、ひとまず槙にAとの取引きについて尋ねるため、九月初め、署へ来るようにとの葉書を自宅宛に送った。（槙はその葉書を仕事場のデスクの上に置いていたのであろう）

槙から返事がないため、近く彼に電話を掛けて日時を決め、係官のほうから出向くつもりでいた矢先の事件であったという。

月島署から要請を受けた京橋税務署では、槙の自宅や仕事場に残されていた預金通帳や証券の預り証などから、彼が取引きのあった銀行と証券会社に照会したが、二年前の平成八年十一月以降、槙が高額な預金を作ったり、まとまった証券などを購入した記録はないという回答だった。

「――税務署に目をつけられるのを恐れて、キャッシュのまま持っていたのかもしれません。なにぶん二年前ですし、女性関係なども派手な男だったから、たとえば愛人に宝石を買ってやるとか、贅沢《ぜいたく》な海外旅行でもして、なんとなく使ってしまったということもありうると思います」

愛人の女性は否定しているし、長男も、フランスから帰国した長女も、いっさい知らないと首を振っているそうだ。

「ああ、それとですねぇ……」

林がことばを継いだ。

「これも税務署から聞いた話ですが、銀行によっては現在でも、無記名の割引金融債といったものを発行しているそうです。一口三千万円くらいで満期は一年、キャッシュを持ちこめばすぐに作れる。とにかく無記名ですから、銀行側には誰に売ったか記録も残らないし、満期がくればどこの支店でも換金できる。たとえばこういうものにしてどこかに隠しておけば、それはわからないかもしれないと、銀行の人がいっていたそうですが」

「でも、それも被害者の身辺にはなかったわけですね」

「見当りませんでしたね」

夕子は一通り納得して、話題を変えた。

「科警研からの報告はまだ？」

「もう少し時間がかかると思います。朝一番で九段の科学警察研究所へ届けたのですが、たまたま専門の技官がほかの事件のことで手を塞がれているため、検査の報告は午後になるだろうといわれてますから」

夕子は電話を切り、席へ戻ると、桜木を相手に自分の息子の話などしていた参考人の主婦に、再び丁重に謝った。

つぎに雪井から電話が掛ったのは午後四時で、科警研から依頼していた検査の結果が報告されたことと、今日午後七時から警視庁捜査一課長も出席して会議が開かれるので、検事にも臨席してもらいたい旨《むね》を知らせてきた。彼の声は相変らず威勢がよくて滑らかだったが、昨日までとはどこかちがう慎重な響きを伴っていた。昨夜、夕子が彼と共にもう一度月島署へ戻った時から、誰もが事件に対する見方を微妙に変え始めており、そして今に至っては署内の空気が一変していることを感じさせる声だった。

新幹線で地方から上京した参考人の男性の証言が長時間に及び、やっと終ると六時すぎになっていた。

事故による渋滞も禍《わざわ》いして、夕子たちが月島署へ着いた時は七時四十分を回っていた。

会議室には捜査一課長を交えた約二十人が集り、若手捜査員が坪内昇子からの聴取と身辺調査の結果を報告していた。

「――槙圭一郎との関係について、昇子は最後まで言を左右にして、はっきりした答えはしませんでしたが、職場の仲間たちの話からも、短期間にせよ肉体関係があったのではないかとの印象を持ちました。その時期は、槙が九年前最初の妻と離婚した直後くらいで、槙としては、もしうまくいけば彼女と結婚して、家事や子供たちの面倒をみてもらおうといった打算も働いていたのではないか。ところが昇子は仕事のほうが面白くて、さらさらそんな気はなかった。代りに自分より家庭的なさおりを彼に紹介したのだろう、というような見方をしている男性社員もいたくらいです」

「槙とさおりが結婚して以後、彼らと昇子との関係はどんなふうだったのですか」

議長役の林刑事課長が尋ねる。

「どちらも気のおけない友人だったと、昇子はのべています。さおりとはもともと高校時代からの同級生なわけですし、槙とも仕事の付合いに加え、顔が広くて才覚のある彼は相談相手としても頼りになったと。例えば現在昇子が住んでいる勝どき二丁目のマンションも、六年前、バブル後の値下りした時期に彼に勧められてローンで購入したものだそうです」

「しかしその後、槙夫婦の間が冷えきってしまい、昇子は板挟みになっていたというようなことは？」

「昇子がいうには、さおりは本当に可哀相《かわいそう》だと思っていた。槙に、これ以上さおりを泣かせるようなことはしないでほしいと何回か頼んだこともある。とはいえ、槙とは仕事の繋《つな》がりもあるし、なにぶんさおりが彼を知る以前からの長年の付合いでもあったので……」

「つまり、さおりの存在は脇《わき》へおいても、槙《まき》と昇子とは依然気のおけない友人同士だったというわけか」

「ええ、でも、男女の関係がとうになくなっていたことは事実のようです。というのは、昇子は二年ほど前に現在の恋人と知合い、熱烈な恋愛が進行中で、一日も早く結婚したいと、編集長などにも真剣に相談していたそうですから」

「どういう相手なんですか」と質問が出る。

「当の男性からも話を聴きましたが、戸川純太という昇子より六つ年下の二十八歳。勤め先はカナダ材の輸入と卸しが主の小規模な商事会社です。でも、カナダ材は安くてセンスもいいので、ホテルとか別荘とかのログハウスなどに多用され、バブルの時代まではなかなか好況だったようです。戸川もバンクーバーの駐在員をしていたこともあり、その頃の所長の倉本という人が昇子と以前からの知合いで、帰国してから戸川に昇子を紹介したのがそもそもの馴《な》れ初《そ》めだったとか……」

バブルがはじけて以後は、建築需要の激減に加え、ほかから参入した業者との過当競争で値段の叩《たた》き合《あ》いになったりして、最近は業界で倒産する会社が続出している。戸川のところも先行きは明るくないという口吻《くちぶり》だった。

捜査員の印象としては、戸川は昇子と槙との過去についてはさほど詮索的《せんさくてき》でもなく、スキーやゴルフの好きなスポーツマンタイプの比較的淡々とした青年に見えたという。

科警研に依頼した検査の結果はすでに会議で報告された模様で、夕子には今は簡単に伝えられた。が、もともと夕子が指示したことだから、ごく簡単で要を得た。

ほかにも二、三の捜査報告ののち、今後の方針について、本庁、所轄署《しょかつ》、そして検事らの間で意見が交された。

結論として、今夜昇子の帰宅を待って話を聴き、その結果により、明日朝一番で任意同行を求めて本格的な調べに入るか、あるいはもっと緊急な対応もありうる、とのことで一致した。

月島署を出た夕子たちは、昨日行けなかった築地署に立ち寄ったが、時刻が遅かったので、被疑者の取調べはせず、居残っていた刑事課のスタッフと補充捜査の打合せをした。

築地署を後にした時はそろそろ十時になろうとしていた。

「地下鉄まで送りましょうか」

夕子が助手席の桜木に声をかけると、彼はちょっと考えてから、

「どちらでもかまいませんが」という。

「金曜なのに、予定はないの」

「いやその……出張中なんですよ」と彼は主語を省いた答え方をして、照れ臭そうに額を指でこすった。彼の恋人はとかく仕事が不規則なノンフィクション作家の事務所に勤めていて、彼らが遅い時間のデートもいとわないことを、夕子は知っていた。

「じゃあ、ちょっと」と呟《つぶや》いて、夕子が家路とは反対の勝鬨橋《かちどきばし》の方向へハンドルを切った時、桜木のほうには夕子の心理がおよそ読めていた。

勝どき二丁目の晴海通りに面した十一階建のマンションの前に、昨夜雪井が夕子たちを先導した月島署の車が駐《と》まり、運転席に制服警官が掛けているのを見ると、夕子は自分の車も近くのほの暗い路上で停止させた。

「ちょっと、様子をみてみようかしら」

エンジンを切った夕子は、桜木が予期していた通りのことばを呟いた。

エレベーターを八階で降りた夕子が、坪内昇子が住んでいる八〇三五号室のほうへ目をやると、そのドアの前に立っている制服警官と、背広の若い男が何か話しているところだった。

やがてその男が所在なげにこちらへ歩いてきて、エレベーターホールの手前で足を止めた。海とは反対に、オレンジ色にライトアップされた東京タワーの見える窓の前に佇《たたず》んで、わずかに眉根《まゆね》を寄せた横顔をこちらに向けた。二十七、八歳くらいか、中肉中背だが、ブルーのスーツの身体《からだ》は肩から腰にかけて引き締った筋肉質に見える。

彼がまた少し不満そうに昇子の部屋のドアを見やった時、夕子は穏やかな声で話しかけた。

「失礼ですが、あなたは？」

男は吃驚《びっくり》したように振り返った。

「私は、東京地検の検事で、霞と申しますが、あなたは坪内昇子さんのお知合い？」

「ええ、まあ……」

夕子に凝視《みつ》められると、男は落着かなげに身動《みじろ》ぎした。小麦色に光る張りのある肌と白い歯並び、ちょっと腫《は》れぼったい一重《ひとえ》の目が、どんな場面でも健康な若さを発散させずにはいられないような顔――。

「もしかして、昇子さんの恋人の、戸川純太さん……？」

彼は再び驚いて瞬《まばた》きしたが、いっそそこまで知られているのならと、逆に抗議するような、訴えるような口調になった。

「さっき彼女の部屋へ来たら、警察の人に止められて、晴海の事件の事情聴取中だからと……まだよほどかかるんでしょうか」

「そうねえ……」

夕子は表情を変えて彼を見あげた。

「戸川さんも、お仕事が大変のようですね」

「ええ……でも、そっちはなんとかなりそうです」

「会社は立ち直れそうですか」

「いや、それはたぶん……」

「え？　では……転職なさるの」

彼は言い当てられて苦笑する感じで、

「実は、カナダの友人が、自分のスキー場の手伝いをしてくれないかと……ぼくは今の会社に入ってから三年ほどカナダの駐在員をしてたもんですから、その頃の友達が声をかけてくれたんです」

「じゃあ、昇子さんといっしょにカナダへいらっしゃるつもり……？」

「まあ……今夜はその話で来たんですけど」

彼は思わず喋《しゃべ》ってしまったことを照れるように、また眉を寄せて東京タワーのほうへ身体を向けた。

八〇三五号室の中では、林警部と雪井警部補が坪内昇子と対座していた。１ＬＤＫのマンションのリビングルームには、油絵やリトグラフが壁に掛けられ、床の隅には紙袋や雑誌やクッキーの缶等々が雑然と置かれている。花瓶に差した三、四本のバラは枯れかけて、キャリアウーマンの気忙《きぜわ》しい日々を物語るようだが、同じ小テーブルの上に立てた写真スタンドの中で、スキーをつけた昇子と若い男がゲレンデを背にし、肩を組んで笑っている。その笑顔と雪の白さだけがなぜか眩《まぶ》しく輝いていた。

南側の窓の、レインボーブリッジからお台場にかけての多彩なライトに目をやっていた林が、短く息をついてから、実感のこもる声でいった。

「素晴らしい夜景ですねえ。——このマンションは槙さんに勧められて購入されたとか？」

「ええ、私は実家が岡山で、都内には身寄りもないものですから、槙先生やさおりの近所なら心丈夫のような気がしましたから。それと、月島や佃《つくだ》の古い下町の風情《ふぜい》にも心をひかれて……」

昇子はどこか上の空で答えた。機敏そうな顔は不安が半分と、けんめいにそれをはね返そうとする勝ち気な表情とをないまぜにしている。

雪井が厚い胸をせり出し、鋭い語気で口火を切った。

「槙さんとは長いお付合いだったそうですが、あなたは最近槙さんから何か預かりものを頼まれたようなことはなかったですか」

「………？」

「実は彼は、絵の取引きのことで税務署の問合せを受けていたんですよ。で、いずれ調べが入ることを見越して、税務関係の書類を一時的に隠すため、誰か気心の知れた人に預けたのではないかと思われる節があってね」

「税務関係の書類？」と昇子は小さく呟いて、つぎにはきっぱりと頭を振った。

「いいえ、何もお預かりしていません」

「そうですか。――もう一つはすでに一度お訊《き》きしたことですが、さおりさんから、遺書めいた手紙などは、あなたには届かなかったのですか」

「ええ、今日になっても、とうとう何も届きませんでした」

「いや、そんなはずはありませんがね。彼女は自殺する前夜、花巻に住む安部《あべ》聡美《さとみ》さんに手紙を書いて、それで便箋《びんせん》の一冊を使い終えたので、つぎに同じ種類の新しい便箋に、あなたへ別れの手紙を書いたのですから」

昇子は少し目を瞠《みは》り、かすかに身体を震わせた。

「そして、五日朝五時すぎに自宅を出た彼女は、聡美さん宛《あて》の手紙を近くのポストに投函《とうかん》し、あなたへの一通は直接このマンションのロビーにあるあなたの郵便受けに入れた。そのために彼女は、いつものコースではなく、晴海通りと黎明橋《れいめいばし》を通って東京ベイレジデンスへ行ったのですよ」

「何のことだか、私にはわからないわ」

「そう考えれば、すべての情況に説明がつくのです」

「だってそんな……なんの証拠があってそういう……」

「証拠はあるのですよ」

林が感情を抑えた声でいって、傍らの鞄《かばん》から中型の封筒を取り出した。その中から、文字が写っている一枚の写真を抜き出した。

「まず、あなたが受け取ったさおりさんの手紙の文面を読んであげよう」

「………？」

「昇子、ごめんなさい。私、もうどうやっても、この先今の暮らしを続けていく気力が……」

林が一語一語確認するように読み始めた直後、昇子は悲鳴に似た声をあげて身をよじり、両手で耳を塞《ふさ》いだ。

「あの人といつも星を見ていた幸せな思い出の場所から……さよなら　槙さおり」

いっとき沈黙がたちこめた室内で、昇子の喘《あえ》ぐような息遣いだけが響いた。

「昔の探偵小説には、名探偵が犯人の文字の跡を千里眼で読みとって事件を解決するという話が出てきたような気がするが、現代ではもっと科学的な方法があってね。硬質筆記具で文字を書くと、その下の紙に筆圧の跡が必ず残る。そこへ斜めの光線を当てることによって、凹凸の像を浮かび上らせ、文字を判読できる機械がある。斜光検査器といい、その方法は斜光検査法と呼ばれている。今回は筆圧が残っていた罫紙《けいし》が包丁を包むのに使われたため、消えかけていた部分もあったが、幸い九段の科学警察研究所で、重要な箇所はきちんと判読してくれたのです」

「さおりさんの机の上にあった便箋の残りが三十六枚で、不足分の四枚のうち、二枚が聡美さん宛の手紙、ほか二枚と罫紙が包丁を包むために使われたと考えれば、勘定が合った。それでついわれわれはほかへ目を向けることをしなかった」

雪井が再び鋭く切りこんだ。

「ところが、あるきっかけによって——」

彼は夕子の一見おっとりとしたお多福顔を脳裡《のうり》に浮かべた。

「あと一冊同じ便箋の表紙と罫紙が残されていたことがわかり、ほかにも遺書めいた手紙が書かれていたのではないかという疑いが生まれた。そこで、屑箱《くずばこ》に捨てられていた罫紙と、現場の包丁の横に置いてあった罫紙とを科警研で検査した結果、先の罫紙から安部聡美さんに届いた手紙の文面が判読され、現場にあった罫紙から今読んだあなた宛の手紙が明らかになった。つまり、さおりさんは聡美さん宛の手紙で一冊便箋を使い終り、二冊目の便箋の二枚をあなた宛の手紙に使った。そのあとあなたが包丁を包むために破りとった残りが、机の上に残されていたのだ」

「………」

「あの朝、あなたが出勤前にゴルフの練習に行くつもりでいたことは、戸川さんから聞きましたよ。六時頃マンション一階の郵便受けでさおりさんの手紙を見つけたあなたは、東京ベイレジデンスの屋上へ直行した。六時十五分頃、十八階の主婦が聞いた慌《あわただ》しい足音とドアの閉まる大きな音はあなたがたてたのだ」

なおも耳を塞いでいる昇子に、雪井は語気を荒らげて続けた。

「さおりさんの首吊《くびつ》り死体を誰よりも早く発見したあなたは、咄嗟《とっさ》に犯行計画を立てた。幸い持参していたゴルフ用の両手袋をはめて、さおりさんのコートを脱がせ、バッグからキイを盗んで彼女の自宅へ急いだ。台所の包丁を便箋で包んで、槙さんの仕事場へ向かい、さおりさんのコートを着用して犯行に及んだ。目的を達したあと、包丁と便箋は棚の上に残し、コートを脱いで一一〇九号室を出た。再び屋上へ上って、返り血を浴びたコートをさおりさんの遺体に着せ、家の鍵《かぎ》をバッグに戻して逃走したのだ。つまりこの事件は、殺人と自殺の順序が逆だった。その疑いにわれわれを着眼させたのは、さおりさんが早朝にあなたへ届けた手紙だった。さおりさんの自殺を誰よりも早く知り得た者、それを利用して、彼女の犯行に見せかけ、槙を殺害して利益を得る者はあなたしかいない！」

「さおりに替って復讐《ふくしゅう》したのよ」

突然昇子が叫び返した。

「可哀相《かわいそう》なさおり、彼女を不幸にしたのはあの男だわ。だから私が、さおりに替って

——」

「それだけではないだろう」

林の声が重しのように響いた。

「あなたは一昨日、岡山の自宅の母親宛に宅配便を送っているね。われわれは今日、この近くの取扱店でその事実を突きとめ、伝票に記されていた岡山の住所地のエリアを担当する配送センターで、着いたばかりの荷物を押収《おうしゅう》した。中には約九千万円相当の無記名の有価証券が入っていたよ」

途中から、昇子は両手で膝《ひざ》を抱えるように椅子《いす》の上で蹲《うずくま》っていた。啜《すす》り泣《な》きが少し遅れて聞こえた。

「結婚したかったのよ、一日も早く……私たち、幸せな家庭を持ちたかった……でも、純ちゃんの会社はもう倒産だっていうし、私はまだマンションのローンが残っていて……どっちを向いても、悪いことばっかり、先の希望なんて一つもない。だから……だから今このチャンスを逃したら、私たち、幸せになることなんて、一生できないような気がして……」

ふいに少し身体《からだ》を起こした昇子は、虚《うつろ》な目をして、くぐもった声で呟《つぶや》いた。

「あの便箋を、どうして置いてきたのかしら、よほど捨てようと思ったのに……つきがなかったんだわ」

林と雪井に両側から腕を支えられた昇子は、エレベーターホールまで来て、はじめてそこにいる戸川純太に気がついたらしかった。

思わず身を寄せようとして、凍りついた昇子は、大きな濡《ぬ》れた眸《め》をこらし、呼吸することも忘れたように彼を凝視《みつ》めた。

どれほどかして、彼女は何かいいかけて唇をわななかせたが、ことばは出ず、ただ唇が奇妙なほほえみに似た形になっただけだった。

エレベーターに乗る時、昇子の視線はほんのわずかな間、夕子の上に止まり、何かを思い出そうとするように、ゆっくりと瞬《まばた》きした。夕子には、その瞬きが、悪夢から醒《さ》めようと願っているもののように感じられた。

扉が閉まったあとも、戸川純太はまだすっかり事情がのみこめない面持ちで立ちつくしていた。彼のほうへなかば顔をむけて、夕子が考えこむ口調で呟いた。

「今は世の中の人が、なんとなくゆとりを失って、急に何かまちがった方向へ突進しやすいような、そんな時代なのかもしれませんわねえ。でも、悪いことばっかりに見えても、精一杯やっていれば、必ずまたどこかでつきがめぐってくるのに……きっとあなたがそうだったようにね」

知らなかった

1

〈谷中ぎんざ〉の夜は早い。幅三メートル余の石畳の路地に沿って、花屋、荒物屋、文房具、米屋、豆腐屋、焼鳥、弁当屋等々、ありとあらゆる種類があるし、昼間は揚油の匂《にお》いの漂う路上を人々がひっきりなしに行き交っているのだが、それが夜八時になるとどこもいっせいに戸を閉めてしまう。

店の中には二階を住居にしているところと、よそから人が通ってくるところとがあるが、小さな店が隙間《すきま》もなく櫛比《しっぴ》している割には不思議と人声などは聞こえてこない。入りくんだ細い路地には車の通行もなく、従って夜には東京の下町とも思えない静寂に包まれるのだった。

たいていの店が間口一間か一間半くらいなのに比べ、〈穂刈人形店〉は二間余りで奥行きも深く、北側はさらに細い路地に面したともかくも角店である。南隣りは寒天、ところ天の店だが、夜は無人になる。それで人形や玩具《おもちゃ》をぎっしり陳列した土間の奥にある穂刈たちの居室はまことに静かで、ただテレビの音声だけが響いていた。
古い絨毯《じゅうたん》が敷かれた居間のテレビに向かって、穂刈トヨノが小さな背中を丸めてソファに凭《もた》れている。午後十一時半を少し回った画面ではスポーツニュースを流してい
て、トヨノのしょぼしょぼした瞼《まぶた》はもうほとんどふさがりかけているのだが、彼女は
まだ断固そこを動く気配がない。
「じゃあ、先に風呂《ふろ》に入ってくるよ」
夫の穂刈守は低い声で断って、居間の隅のドアを開けた。短い廊下の突当りが浴室、
右へ出れば裏口と車庫で、浴室の引き戸を開けた彼が居間を振り返ってみると、上半
身をソファから横へのり出してこちらを見守っているトヨノの視線とぶつかった。背
筋がのび、しょぼしょぼしていた目はかっきりと開かれ、するとさっきまで老婆《ろうば》のよ
うに見えた身体《からだ》や浅黒い小さな顔までが、とりわけ抜け目のない四十女の意地と気概
に似たものさえ取り戻している。
浴室へ入った穂刈は、開けっ放しだった風呂の蓋《ふた》を半分閉め、湯の蛇口をひねり、
それからちょっと腕時計を見てそこを出た。
廊下の脇《わき》の掃除用具など入れてある戸を開けて、中のバケツを取り出すと、そろそ
ろと持ちあげて居間へ戻った。

トヨノの顔はまた、プロ野球の結果を報じるテレビの画面に向けられている。夫に外出する素振りのないことを認めて、ひとまず気を許しているのだ。

「少しぬるいみたいだ。ちょっと蓋が開いていたからね」

穂刈はほとんど遠慮がちに呟《つぶや》く。妻の不注意を咎《とが》める響きは少しもない。トヨノが夫に対して何かもっとぞんざいな扱いをした時でも、口に出せば彼の調子は決まってそんなふうになった。彼は身長一七八センチ、五十歳の世代にしては長身で、立派な体格、一方妻のトヨノは一五〇センチにも満たないごく小柄な女なのだが、二人の力関係は体格とはまったく反比例している。それが結婚以来二十数年続いてきた。

「お湯が溜《たま》る間に、鉢植えに水をやっておくよ」

彼がバケツをさげていることもトヨノは視野におさめているはずだから、彼はそう断わって、彼女の横を通りかけた。その時、テレビから小気味のいい球音が響いた。

「おっ、打った！」

彼は歓声をあげ、バケツを置くなり画面を覗《のぞ》きこんだ。トヨノもまた少し目を開いてそちらへ注意を向ける。彼女としても、一応はテレビを視《み》るために遅くまで起きているというポーズをとっているのだ。

そこで穂刈は、足許《あしもと》のバケツに手を入れた。水の中に立ててあったブロックを取り出すと、両手でゆっくりと宙に振りかざした。深く息を吸いこむ。トヨノが振り向く直前、彼女の右側頭部めがけて、渾身《こんしん》の力で打ちおろした。骨が陥没するような音と、ギャッという小さな悲鳴が同時に聞こえた。それから、トヨノの上半身が傾き、奇妙にゆっくりとソファの上に倒れた。つぎには血が噴き出した。夥《おびただ》しい鮮血が短い縮《ちぢ》れ髪《げ》の間から顔中に溢《あふ》れ、首筋を伝い、ソファにひろがって床へ流れ落ちる。穂刈もある程度は予想していたので、ソファの下に隠しておいたバスタオルを引っぱり出して絨毯の上にひろげたが、それがみるみる真赤に染まっていく。

彼は再び腕時計を見た。とにかくグズグズしている暇はない。

彼はぐったりした妻の身体を両腕に抱きあげて、裏口へ急いだ。

車庫に電灯をつける。ギリギリのスペースに白の小型車がバックで納まっている。壁に背中をこすりつけながら、後部のドアを開け、トヨノの身体を入れると、シートの右端に凭《もた》せかけてドアを閉めた。窓ガラスには黒っぽいフィルムが貼《は》ってあるので、閉めてしまえば中が見えなくなって、穂刈は一瞬だけホッとした。

急いで家の中へとって返し、血に汚れたスポーツシャツとズボンを脱ぎ、腕と顔を洗った。寝室に用意しておいた別のシャツとズボンを着け、ポケットの中の免許証を上から押さえて小走りに車へ向かう。絨毯にも廊下にも点々と血が滴《したた》っているが、始末はあとのことだ。

運転席に掛けて後ろを見ると、トヨノの身体は少しずり落ちた恰好《かっこう》で右のドアによりかかっている。その位置は悪くない。ほとんど死んだように見えるが、まだ息はあるのかもしれない。

穂刈はきつめにベルトを締め、慎重に車を出した。車は半年前に買い替えたフィアットパンダで、左ハンドルは初めてだったが、もうすっかり慣れている。

古い民家の建ち並ぶ幅二メートルほどの路地を二、三回曲ると、前方に不忍《しのばず》通りが見えた。時刻は十二時四分。昼間は混みあう通りも夜中にはほとんど車が絶えている。

穂刈はいちだんとスピードを落として、通りへ出る角に近付いた。

不忍通りは片側二車線で、路面に中央線が白く引かれて、40と黄色で書かれている。両側に歩道があり、車道との境には鉄パイプの低い柵《さく》がめぐらされている。

道路の向こう側にはオートバイの店、化粧品店、レンタルビデオ、寿司《すし》屋と並んでいるが、灯りがついているのは午前一時まで営業のレンタルビデオショップだけだ。こちら側の路地の左右にも商店はあるが、どこもシャッターを下ろしている。街灯に照らされた歩道に人影はなかった。

念のため車の後方も確かめたが、ライトなどは見えない。

穂刈は車の先を歩道の柵の位置まで進めた。すると真直《まっす》ぐな不忍通りがかなり遠くまで見通せた。

彼は息をこらして右前方を見守る。

たまに走ってくる車は法定速度をはるかにオーバーしてとばしている。

また右から一台走ってくる。遠くから見ても、ふつうの車よりややヘッドライトの位置が高い。車はスピードを落とさず接近しながら、短いクラクションを鳴らした。

同時に穂刈はアクセルを踏んだ。

2

「みんなちっともわかってねんだよなあ、お寺さんは景気に左右されないからいいね、なんていうんだから」

霞吉達《かすみよしたつ》が麦茶のグラスを置いて溜《た》め息《いき》をついた。

「人が死ぬのは景気不景気と関係ないか、かえって不景気だと自殺者が増えて、そのぶん葬式が多くて儲《もう》かるんじゃないかなんていうやつまでいた」

先日の高校のクラス会の話である。

彼はまた勢よく冷えた麦茶を喉《のど》に流しこみ、胡座《あぐら》をかいた太腿《ふともも》を所在なげに叩《たた》いた。

「不景気だと事件が増えて、忙しくなるのは検事のほうだわ」

夕子《ゆうこ》は苦笑した目を夫に注いだ。夕子より五歳上でまもなく五十に手の届く吉達は、まるまると肥満しているぶん肌に張りがあって色艶《いろつや》もいい。平べったい円い顔の中で、鼻も口も大きいが、目だけは細く、だがその眸《め》にはいつもどこか茫洋《ぼうよう》とした色が漂っている。

彼が谷中《やなか》にあるこの古い寺の住職におさまってから、まもなく二十年になろうとしている。もともと彼は横浜市近郊のお寺の三男だったのだが、しばらくサラリーマンをしたあと、本山で修行中に、そちらの紹介で夕子と知りあった。結婚が決まったのは夕子が東京地検の新任検事の時だった。夕子はこの寺の家付き娘で、吉達が婿《むこ》養子に入ったのだ。

以来、夕子が地方の地検に勤務中も彼は寺を守ってきてくれたが、その彼が今溜め息をついている理由は、聞くまでもなく夕子にもわかる。そもそも檀家《だんか》の年回法要などで平日より忙しいはずの日曜の午後、彼がこうして庫裡《くり》の縁側で胡座をかいていることがそれを物語っていた。

「加藤さんとこも今年はおじいちゃんの十三回忌に当るんだがねえ」

「法事はしないの」

「十七回忌を盛大にやりますから、とかいってたねえ」

近頃は年回法要がめっきり減った上、葬式も経費節減型が多くなった。この寺での葬式はもとより、近所の組寺《くみでら》へ手伝いに行く、いわゆる用僧に出るほどの大きな葬式は数えるほどしかないし、何につけお布施《ふせ》の額も少くなった。お寺こそ世の中の景気の影響をまっさきに受けるのである。

それにしてもいい気候だなあ、とでもいう顔で、吉達は本堂の前に立つ銀杏《いちょう》の大樹を見あげた。今はしたたるような緑の葉を繁《しげ》らせ、五月中旬のおだやかな薄日を浴びて、葉の一枚一枚が幸せそうに息づいているかに見える。山門の真向かいは、ほんの三、四メートルの道幅を挟んで小さなしもた屋が並び、どの家も軒先に鉢植えを出して、赤やピンクの小花が咲き乱れている。台東区谷中のこの界隈《かいわい》には、狭い道路に沿ってたくさんの寺とその墓地が続き、間を埋めているのはほとんどが古い小さな木造の家々だ。流れてくる風には、若竹のような新芽の匂いと、その底にいつもかすかな線香の香が忍びこんでいる。

夕子もなんとはなしに、ショッピングカーを引いていく路上の人影など目で追いながら、久しぶりのくつろいだ時間を味わっていた。

本堂のほうに靴音が聞こえ、それがこちらへ近付いてきて、玄関で男の声がした。

「ごめんくださーい」

夕子が立ちかけると、吉達が何か思い当たるふうで先に腰をあげた。

彼は玄関で客と短い会話を交わしていたが、やがて戻ってくると、

「ちょっとお前に相談したいことがあるって、池之端《いけのはた》の末松さんが来てるんだけど」

吉達の話に時々出てくる名前だ。

末松を応接室へ通して、吉達が彼に夕子を紹介した。ブルーの背広の下にスポーツシャツを着た四十五、六歳の末松は、池之端のマンションに住み、音響機器メーカーに勤めているという。

「いつも主人がお世話になっております」

夕子の挨拶《あいさつ》に、

「いえ、こちらこそ」と、末松はかしこまってお辞儀を返した。

吉達の何よりの趣味はカラオケで、近所のお寺の親しい住職たちのグループと時々湯島のスナックへ出掛ける。概して僧侶《そうりょ》たちは朝夕の勤行《ごんぎょう》で喉を鍛えられているから

声がよく通り、節回しもうまく、カラオケは恰好のストレス発散となるらしい。とはいえ、やはり檀家の人たちの目もあるので、谷中の盛り場は避け、車で十分くらいの湯島あたりまで足を延ばしているのだ。

末松とは行きつけのスナックで知りあい、業種はちがうが年齢も近いし、吉達と気が合うらしかった。

「この間の、不忍通りの事故、憶《おぼ》えておられるでしょう？」

夕子がお茶を淹《い》れてくると、末松は眼鏡の奥のどこか人なつこい目を彼女に注いで本題に入った。

「出合い頭の衝突事故だったよね。現場は団子坂交番の割と近くで……」

吉達がことばを添えた。夕子も頷《うなず》く。

あれはゴールデンウィーク前の四月下旬の深夜、不忍通りを西日暮里《にしにっぽり》の方向から走ってきた4WDと、谷中側の路地から出た小型乗用車とが激突した事故だった。4WDが小型車の右後部に突っこみ、後ろのシートに乗っていた中年主婦が死亡した。運転していた夫も軽い怪我《けが》をしたそうで、その夫婦が谷中の商店主であったため、翌日には霞家の食卓でも話題にのぼった——。

「実は、亡《な》くなった主婦はぼくの従姉《いとこ》だったんですよ」

「まあ……」

吉達はすでに聞いていたのか、ゆっくりと一度瞬《まばた》きした。

「谷中ぎんざで人形や玩具《おもちゃ》の店をやってたんですがね……いや、今でもご亭主がやってるわけですが、もともと店は従姉が親から引き継いだもので、土地も建物も全部従姉の名儀になっていたんです」

末松の従姉は穂刈トヨノといい、四十八歳だった。夫の穂刈守は五十歳。二十数年前、穂刈人形店と取引のあった信用金庫に勤めていた時、トヨノの亡父に見こまれ、婿養子に入ったそうである。吉達に遠慮してか、末松は「婿養子」というところを小声でいったが、吉達はまるで頓着《とんちゃく》していない。

「子供が二人いますが、長男も長女も家庭を持って、別に暮らしてました。長男はサラリーマン、長女は高校の教師と結婚して、二人とも店を継ぐ気なんかぜんぜんない。ですからつまり、トヨノが亡くなってしまえば、店はすっかり守さんのものになったようなもので……」

そのあとどういったものか、末松がことばに詰っている様子なので、夕子は例のゆるりとしたトーンで話のつぎ穂をつくった。

「ご夫婦仲は、円満だったのですか」

「円満というのか……傍目《はため》には波風立たないおだやかな夫婦と映っていましたが……いや、従姉のトヨノってのが、気の強い我儘《わがまま》者でねえ、独り娘でチヤホヤされて育った上に、家屋敷が自分のものだから、すっかり亭主を尻《しり》に敷いて、威張り散らして暮らしてましたよ。守さんがまたおとなしい人で、女房になんといわれても口応《くちごた》えもしないもんだから、それでまあ家の中には波風も立たなかったんでしょうが。ただねえ……」

「………？」

「ぼくがトヨノに最後に会ったのは、三月の彼岸頃だったんです。たまたま仕事で近くを通りかかったので店に寄ったんですが、その時は彼女一人で、珍しくなんとなく元気がなくて、思い悩んでいるふうに見えましたねえ。その後、子供たちのほうにトラブルが起きているなどとも聞きませんから、とすると、夫婦の間がうまくいってなかったんじゃないかと……」

「ご主人も何かそんなことを？」

「いえ、守さんはなんにも。おとなしい代りに、何考えてるのかわからないような人でね。いや、たとえ問題があったとしても、都合の悪いことをいうはずありませんからね」

末松の語調は少しずつ穂刈守への敵愾心《てきがいしん》を露《あらわ》にしてくる。

「事故ではご主人も怪我をされたんでしょう？」

「大したことないんじゃないですか。本人は鞭打《むちう》ちになって耳鳴りがするとか手がしびれるとかいってますが、鞭打ち症ってのは患者の訴えを信じる以外にないそうですからね」

「まあでも、ほんとにそうなのかもしれないしねえ」

だんだん昂奮《こうふん》しかける末松をなだめるように、吉達がことばを挟んだ。

「事故が起きたのは、夜中でしたわね」

「午前零時五分から十分の間くらいだそうです」

「じゃあ、誰も見ている人はいなかったわけですか」

「いえ、それがたまたま、向かい側のビデオとCDのレンタルショップから出てきた学生が事故直後に行き合わせて、その人が一一〇番してくれたらしいんです」

「それにしても、穂刈さんご夫婦はどうしてそんな時間に……？」

「ああ、それは、トヨノが喘息《ぜんそく》の発作を起こして、病院へ連れていくところだったんだそうです。彼女、若い頃から喘息持ちでね、結婚してからは大分よくなってたようですが、それでも冬とか、今のような花粉の季節には時々発作を起こして、掛りつけの医者も決まっていたんです」

末松が穂刈守から聞いたという話によれば――当日の四月二十七日、夕方近くからトヨノは調子が悪く、発作の前兆のように見えた。本人もわかっているので、これ以上つらくなったら医者へ連れていってほしいと穂刈に頼み、彼が午後六時頃、掛りつけの内科医院へ電話しておいた――。

「医院は千駄木五丁目、昔から家中でお世話になり、あちらでも事情はよくわかっている。院長はたいてい午前一時頃まで起きている人で、それまでに連れていけば快く診てくれたといってました」

午後十一時半すぎになって、トヨノの発作がいよいよひどくなってきたので、穂刈は彼女を車の後部シートに乗せて家を出た。いつものルートで路地を抜け、不忍通りを横切ろうとしたさい、右側から車が来ることはわかっていたのだが、急いでいたため、通り抜けられると判断してとび出してしまったのが悪かったと、穂刈は唇を嚙《か》んでいたという。

「ああ、それでトヨノさんは後ろのシートに横になっていらしたんですね。ふつう、ご主人が運転すれば、奥さんは助手席に乗るものじゃないかと思っていたんですけど」

「ほんと、ぼくもまずその点にひっかかったんですが——」

末松は夕子に大きく頷き返してから、眉《まゆ》を寄せて眼鏡を押しあげた。

「ところがね、トヨノは後ろで横になってたんじゃなくて、シートとドアに寄りかかる恰好《かっこう》で腰掛けてたというんです。喘息の発作を起こした時には、苦しくて寝てられない。身体《からだ》を丸めるようにして何かに凭《もた》れているのがまだしも楽なんだそうで、後ろのシートのほうが余裕もあるし、病院へ行く時にはいつもそうしていたんだと……」

「なるほど」と、吉達《よしたつ》が妙に納得した顔で相槌《あいづち》をうった。

「でも、衝突時にはそのために頭を直撃される結果になったんですねえ……」

末松が肩を落とすと、三人の間に沈黙がたちこめた。それがしばらく続き、末松に水を向ける感じで口を開いたのは吉達だった。

「で、家内に相談したいことというのは……？」

「ええ、それで、単なる交通事故として処理されたわけなんですが、実はぼくは、どことなく割切れないんですよ」

「………」

「つまりその、トヨノが発作を起こして病院へ連れていくチャンスを利用して、守さんがわざと……」

「ご亭主がわざと横から来る車の前にとび出して、衝突事故を起こし、トヨノさんを死なせたということ？」

吉達が確認する。

「いや、万一、もしかしたらということなんですが、どうしてもその疑いが頭から消えないもんですから、検事さんのご意見を伺ってみたいと思って。——どう思われますか」

末松はまっすぐ彼女に視線を注いだ。

夕子はしばらく無言で、今聞いた話を細部まで頭の中で反芻《はんすう》した。それから末松の疑いを検討してみる。

穂刈夫婦の仲が真実どういう状態だったかは、今の話だけでは想像のすべがない。

それは別としても、疑いを抱くに足る充分な理由は見当らなかった。

深夜穂刈がトヨノを車の後部シートに乗せて運転していた事情、不忍《しのばず》通りで不注意にとび出してしまった状況なども、一通り説明がつく。

第一、仮りに穂刈が、走行してくる車の前にわざととび出したのだとしても、そんなにうまく衝突させられるものか。いや、たとえ衝突してくれたとしても——

「そんなにうまくいくものかしらあ」

夕子がどこか悠長な声で呟《つぶや》いたので、末松が「えっ？」と訊《き》き返した。

「だって、わざと事故を起こしたとしても、運転席の自分は安全で、後ろの奥さんだけが死ぬなんて、そんなに都合よくいくものかと思って。ひとつまちがえば、自分のほうがふっとばされてしまいますもの」

「しかし、たまたま結果的にうまくいったという場合だってありうるんじゃないですか」

「………………」

くいさがるような末松の視線を、夕子は黙って見返した。

そう、たまたまうまくいったのだとしても、犯人の意図をどうやって実証できるだろう……？

3

五月十八日火曜の夕方──

東京地検刑事部の一、二方面主任検事である霞夕子は、朝からつぎつぎと続いていた被疑者や参考人の取調べを午後五時で切りあげた。

たいていの検事は進行中の事件を常時二十件くらい抱えている。発生当初から現場に臨場し、捜査中も警察と連絡をとりあっているケースも少くない。それらについては、地検での仕事が終ったあとで、こちらから警察署へ出向き、捜査担当者の報告を聞いたり、会議に出席することもある。

丸の内、赤坂、中央、築地《つきじ》、品川署等々、都心部の主要な警察署の管内を担当する「花の一方面」では、それだけ事件も多く、おまけに大の「現場好き」で知られる夕子が、役所からまっすぐ家路につく日は数えるほどしかない。検察事務官の桜木洋《さくらぎひろし》は無論そのつど夕子と行動を共にしなければならないから、彼が十時前に一人になれる夜もまためったにないのだった。

だから、その日地検のロビーを出たところで、

「じゃ、お疲れさま」

軽やかに手を振る夕子を見た桜木は、黒縁眼鏡の奥の若い眸《め》を思わず二、三回瞬《しばたた》かせた。

「今日は……このままお帰りですか」

「いえ、ちょっと寄っていくところがあるの」

どちらへ？　と習慣的に尋ねかけて、彼はあわてて ことばをのみこんだ。今日は同行を求められているのではないから、その質問はプライバシーに踏みこむことになる。第一、成行きで「じゃあいっしょに」などといわれたら、とんだ藪蛇《やぶへび》になってしまう。まだ日射《ひざ》しも明るい、さわやかな初夏の夕方というのに——。

「では、お気をつけて」

彼は唇をややへの字にした神妙な表情で挨拶《あいさつ》すると、踵《きびす》を返して歩き出した。すらりと背筋ののびた長身の上に短髪の小さな頭をのせた後ろ姿が、検察庁前の階段を降りきらないうちに、鞄《かばん》から携帯電話を取り出す様子を、夕子はかすかな笑いを含んで見送った。ノンフィクション作家の事務所に勤める恋人を持つ桜木は、相手も仕事が不規則なこともあって、日頃は夜更《よふ》けのデートに甘んじているようだが、今日だけは文字通りのアフターファイブを楽しめるわけだ……。

日比谷公園の緑を右に見て、夕子は車を祝田橋《いわいだばし》の方向へ走らせ始める。幸い日の長い季節だから、こちらもまだ時間はたっぷりある。

本郷通りを横切り、団子坂を下るあたりから、どことなく下町の風情《ふぜい》が感じられてくる。

まもなく団子坂下の交差点で、直進すれば谷中だが、夕子は左折して不忍通りへ入った。

片側二車線の両脇《りょうわき》に歩道が設けられている。このへんは直線になっている不忍通りは、夕方のラッシュを迎えて車が渋滞ぎみだった。が、夜更けると車も人もほとんど通らず、ガランと寂しくなることは、近くに住んでいる夕子も知っている。

夕子は速度を落として、千駄木三丁目の方向へ走らせた。

まもなく団子坂交番があるはずだが、その前に、ビデオとCDのレンタルショップを左側に見つけると、再び左折のサインを出し、少し先の路地へ入った。

適当な場所に路上駐車して、不忍通りへ戻った。

ビデオショップのガラス戸には〈12:00—1:00〉と営業時間が表示されていて、大きさや感じからも末松の話に出てきた店にまちがいなさそうだ。隣りは寿司《すし》屋と化粧品店で、これも聞いた通りだ。

先の信号が赤になって車が途切れたところで、道路の反対側を眺めると、斜め向かいの位置に谷中のほうから出てくる路地が見える。幅二メートルくらいか。両側は理髪店と銀行である。

穂刈の車はあの路地からとび出したところで右から走ってきた車とぶつかったのだ

ろう。

夕子は近くの交差点を横切って、そちら側へ渡った。

現場付近と思われる歩道の鉄パイプの柵《さく》が一部大きくへこみ、二メートルほどにわたってダークグリーンのペンキがはげ落ちた擦過痕《こん》が認められた。おそらく事故でできた傷がまだ修復されていないのだろう。

こちらから向こう側を見ると、化粧品店と隣りのオートバイの店との間にやはり幅二メートルくらいの路地がある。千駄木五丁目の医院へ行こうとしていた穂刈は、通りを突っ切ってあの道へ入るつもりだったのか。

明るいうちに自分の目で現場を確認した夕子は、ひとまず満足して車へ戻った。

ようやく薄闇《うすやみ》が漂い始めた街を五分も走ると、本駒込の不忍通り沿いに駒込警察署がある。少し離れた場所から移転してまもない警察署は、茶色のレンガの洒落《しゃれ》た三階建だった。

今日の午後、夕子は署の刑事課長に電話して、交通課へ紹介を入れてもらっていた。刑事課長とは以前の事件で面識があった。

それで夕子は、署内の静かな部屋へ通され、交通課長の警部と事故係長の警部補が応対した。

「一一〇番通報は午前零時八分でした。現場の向かいにあるビデオショップから出てきた学生が大きな音を聞いてそちらを見ると、二台がぶつかった直後だったそうです。どちらの車からもすぐには人の出てくる様子がなく、これは大変な事故だと思って、レンタル店の電話で一一〇番したということです」

その晩当直だった事故係長の広瀬警部補が、記録を見ながら歯切れよく説明してくれる。

一一〇番センターから所轄《しょかつ》の駒込署と消防署に急報され、警察の一隊と救急車は五分以内に現場に到着している。団子坂交番からもほど近いが、直接見える距離ではなかった。

「わたしが着いた時には、当事者の穂刈さんと上田さんが路上に出ていました。まず車の状態から申しあげますと……」

広瀬は現場の見取図を示しながら、

「穂刈さんのフィアットパンダの右後部に、上田さんの４ＷＤが激突して、フィアットははねとばされたような恰好《かっこう》で道路の中央部までとび出し……」

フィアットパンダ？

穂刈は谷中ぎんざの商店主で、五十歳と末松に聞いたように思う。あまりふさわしからぬ車に乗っていたものだと夕子は感じたが、その点は後回しにして耳を傾ける。

「上田さんの三菱《みつびし》パジェロは、咄嗟《とっさ》に左へハンドルを切って避けようとしたためらしく、右前部がフィアットに衝突したあと、左側が歩道の柵にぶつかってこすり、電柱をかすったところで停止していました」

穂刈の車は右後部のドアから後ろが大破。上田の車は右の前がへこんだいわゆる「凹損《ぼこ》」と、左横にひどい擦過痕が残っていた。

そして人身のほうは、4WDの運転者上田五郎三十一歳はほとんど無傷。穂刈守は、衝突直後ちょっと意識を失ったといっていたが、すぐに気がついて、自力で運転席から出ることができた。衝突時のショックで肩や側頭部が車の中に当った打撲傷と、胸がベルトで締めつけられた圧迫損傷、それに事故後鞭《むち》打ちの症状を訴えているという。

「それにしても、二人ともきちんとシートベルトをしめていたので、そのくらいですんだのですよ」

交通課長の高山警部がことばを添えた。

「後ろに乗ってた奥さんが気の毒だったですねえ……」

警察が駆けつけた時、二人は大破したフィアットの右後部を見下ろし、呆然《ぼうぜん》と立ちつくしていた。

右後部のドアは無惨《むざん》に折れ曲り、ガラスは粉々に砕け散っていたから、直接内部が見えた。穂刈トヨノは前後のシートの間に挟まれたような恰好で、右側頭部がひしゃげ、上半身が夥《おびただ》しい血に染まっていた。

「とにかくすぐ救急車で近くの日本医大へ運んだのですが、病院に着いた時すでに亡《な》くなっていたということでした」

広瀬が話を続けた。

救急車には夫の穂刈守が同乗し、別の車で署の事故係も後を追った。

病院でトヨノの死亡が確認されると、事故係が死体の見分を行い、医師が死体検案書を作成した。

「死因は脳挫傷《のうざしょう》。ひしゃげたドアで頭を直撃されたものと考えられます」

一方、現場では実況見分が行われ、広瀬たちが上田と、目撃者の私大の学生真鍋《まなべ》信次二十歳から事情聴取した。

「目撃者といっても、真鍋君は借りたばかりのＣＤを見ながら店を出た時に衝突音を聞いて振り向いたということですから、事故の直後しか見ていなかったわけですが。

一一〇番してから現場へ走っていくと、運転者二人がそれぞれの車から出てきたところだった。警察に報《し》らせたことだけは告げたが、自分まですっかり動転してしまい、あとはよく憶《おぼ》えていない。立ちつくしているうちにパトカーのサイレンが聞こえてきたように思うといっていました」

上田五郎は上野にある中規模の土木会社に勤め、外神田の社宅には妻と一歳半の息子がいる。

「当日は退社後いったん社宅へ戻り、夕方から所用で田端に住む友人を訪ねた帰りだったそうです。車は大分古いものでしたが、仕事で山の中の現場へ行くことも少くないので、ずっと4WDに乗って慣れていたと話していました」

上田はもっぱら穂刈の過失を強調し、自分はどうしようもなかったと主張した。法定速度の四十キロで走っていたところ、ふいに路地から穂刈の車がとび出してきたので、反射的にブレーキを踏み、ハンドルを左へ切って避けようとしたが、避けきれなかった……。

深夜、ガランとしたまっすぐな道路を、本当に四十キロ以内で走っていたのだろうかと夕子はあやしんだが、高山が彼女の心を読んだようにまたことばを挟んだ。

「スリップ痕と凹損の角度で、衝突前のスピードはある程度推測できるのですよ。やはり少くとも六十キロ近くは出していた模様ですね。しかしまあ、不忍通りは中央線の引かれた、明らかな優先道路ですからねえ」

穂刈も現場へ呼んで事情を聴く実況見分は、トヨノの初七日がすんだあとの五月初めに行われた。そのへんは警察も遺族感情に配慮しているのである。

穂刈は、不忍通りへ出る手前で一時停止し、左右の確認は怠らなかった、右から車が来ることにも気がついていたが、通り抜けられると判断した、と語った。

「一刻も早く家内を医者に連れて行ってらくにしてやりたいと、こちらも焦《あせ》ってはいたんですが、でも上田さんの車とは、とてもぶつかるような距離じゃなかったですよ。あちらが無茶苦茶なスピードでとばしてきたんじゃないでしょうか」と、穂刈は気の弱そうな話し方ながら、上田にも責任を押しつけたい口吻《くちぶり》だったという。

「まあ、なんといっても細い道からとび出したほうが過失大なわけですが、相被《あい》疑事故として二人とも近く書類送検するつもりでおります」

高山がしめくくるようにいった。容疑はどちらも業務上過失致死だろうが、身柄は拘束していないので、警察も余裕をもっているのだ。

「事故などの前歴はなかったのですか」

「それは二人ともなかったですね」

するとおそらく、穂刈は三、四十万円の罰金、上田は起訴猶予《ゆうよ》になる公算が高いと、夕子は察しをつけた。処分が決まるのは半年先くらいだろう。

治療費の負担や損害賠償など、民事上の問題も残る。末松の観測では、穂刈は各種の任意保険に加入していたので、治療費や車の修理代は保険で払えるし、上田に損害賠償を請求された場合にも、保険会社が中に入って話をつけてくれるのではないかということだった。

最大の問題はほかにある。

とはいえ、夕子が今聞いた限りでは、やはりとりたてて疑惑を持つほどのことはなかった。

「事故処理をなさっている間に、何か不自然だとか、不審に感じられたようなことはなかったでしょうか」

念のために訊《き》いてみたが、二人とも顔を見合わせている。

「近年、六十五歳以上の高齢者ドライバーの事故が急増してましてね、原因がいろいろ分析されているんですが、穂刈さんはまだ五十ですからねえ」と広瀬。

「車が左ハンドルだとどうしても右に注意が行きにくいんですね。それも原因の一つだったかもしれないなあ」と高山がいったので、夕子はさっきちょっと気になったことを思い出した。

「フィアットパンダとおっしゃいましたね。若い女性に人気のあるイタリア製の小型車でしょう？　穂刈さんがどうしてそんな車に……？」

「ああ、それはわたしもいささか不思議でしたのでね」

高山が丈夫そうな歯を覗《のぞ》かせて苦笑した。

「事情聴取の折に訊いてみたんですよ。そしたら、嫁に行った娘に、今度買い替えるならぜひあの車にとせがまれたので、とかいってましたね。値段も手ごろだったし……」

なるほどと夕子が納得しかけた時、急に広瀬が上司を見て首をひねった。

「しかし……自分は事故のあと、実況見分が終ってから病院へ行ったんです。ちょうど娘さんも駆けつけてきたところで、泣きながら父親を責めてましたよ。お父さんが柄にもない外車なんか買うからこんなことになったんだって……」

4

夕子が駒込署を辞去したのは七時半すぎで、すっかり暮れた街には商店と車のライトが溢《あふ》れていた。

これでもまだふだんの帰りよりずっと早い時刻だ。

夕子はついでにもう一カ所寄っていくことにした。どうせ谷中へ帰る道筋に当る。

夕子の車は本郷通りから千駄木三丁目へ入った。

須《す》藤《どう》公園西側のコンビニのそば、アパートの名前も聞いていたので、まもなく見つかった。目撃者の学生真鍋信次の住居である。

1Kくらいの部屋がいくつか並んでいるアパートの階段を上り、戸口を見ていくと、ドアの上に〈真鍋〉とサインペンで手書きの表札が貼《は》ってあり、幸い横の窓から灯りが洩《も》れている。

チャイムは見当らないので、ノックした。

三、四回叩《たた》くうちに、うすいドアの向こうから聞こえていたドライヤーの音が止まり、「はーい」と若い男の声が応《こた》えた。

やがてドアが少し開いて、Tシャツにジャージィ、まだ少し濡《ぬ》れている長髪を顔や首筋に垂らした青年が、ノブを握ったまま痩《や》せた顔を突き出した。

「真鍋君ね、よかったわ、留守でなくて」

独特のかん高いスローペースの声を聞くと、彼は眠そうな目をパチパチさせながら少し首を引いた。

「でも、勉強中でお邪魔かしら？」

「…………」

胡散《うさん》臭げに眺める真鍋に、夕子は身分を名乗り、不忍通りの事故のことで少し教えてほしいことがあると告げた。

「あなたが唯一《ゆいいつ》の目撃者だと、警察で聞いたものですから」

「検事」ということばが耳に入ってから、真鍋の表情にかすかな好奇心が漂い出た。

「今、出かけるとこなんですけど、少しくらいなら」

「そんなにお暇はとらせませんわ。——まず二台の車がぶつかる前のことなんですけど——」

夕子は最初に衝突前の状況を質問してみたが、真鍋はわからないときっぱり頭を振った。

「ぼくはガチャンというすごい音を聞いてから振り向いたんですから……」

彼の証言は信用できそうだ。

「では、あなたが見た時からでいいんですけど——」

真鍋は東北方面の訛《なま》りが感じられる口調で、ぼそぼそと夕子の質問に答えた。が、内容は夕子が警察で聞いた話とほとんど矛盾していなかった。

「あなたがビデオショップで一一〇番して、また外へ出てきた時には、運転者二人も路上に出ていたわけですね」

「4WDの若い人はもう道路に立ってました。フィアットの人のほうがあとから、ちょっとフラフラした様子で降りてきたみたいだったけど……」

「何か話してましたか」

真鍋は上下の唇を内側へ吸いこんで、思考をこらす眼差《まなざし》になった。

「若い人が、どなってましたね、フィアットの人が出てきたのを見て……」

「何といって？」

「馬鹿《ばか》野郎、急にとび出しちゃだめじゃないか、というようなことを……」

「ああ……ほかには？」

「さあ、ぼくも夢中で走って行ったので……」

真鍋が近付いた時、穂刈は小刻みに頭を振りながら、フィアットの後部へ歩み寄った。それにつられるように上田も覗きこみ、二人はほとんど同時に「あっ」と声をたてた。一呼吸遅れて、ガラスの割れた窓越しに中の様子が目に入った真鍋も、たぶん同様の声を発していたと思う。血だらけの女性がシートの間に挟まって、もう死んでいるように見えた。——真鍋はおよそこんなふうに語った。

「それから？」

「はっきりとは思い出せないけど、とにかくぼくが、もう一一〇番しましたといって……フィアットの人が必死で後ろのドアを開けようとして、若い人も手を貸してたけど、歪《ゆが》んじゃってて、どうしても開かなかったですね。そのあとはみんなどうしていいかわからない感じで……ああ、それと……」

真鍋が何かを思い出しそうに視線を止めたので、夕子も息をこらした。

「フィアットの人が、呻《うめ》くようにいったんですよ、知らなかったって……」

「知らなかった、と？」

「ええ、独り言みたいだったけど、はっきり聞こえました。そのすぐあとで、パトカーのサイレンが近づいてきたんです」

今度は夕子が首を傾《かし》げた。

「穂刈さんがそういったのは、何を知らなかったという意味だったんでしょうか」

「後ろに乗ってたのは奥さんでしょ。そっちを見ながらいったんだから、何か奥さんのことじゃなかったのかな」

「たとえば？」

真鍋《まなべ》は困惑したような、また少し迷惑そうな目付きで見返した。

「よくわからないけど、たとえば、奥さんがそこに乗ってたことを知らなかったとか……」

「でも、彼は奥さんを病院へ連れていくところだったのよ」

「じゃあ、奥さんがあんな大怪我《おおけが》をしてたとは知らなかったとか」

夕子がまだ合点のいかない顔で黙っていると、真鍋は思わず意地になったようにいい返した。

「それじゃあ、奥さんとは関係ないことだったんだ。4WDが走ってくるのを知らなかったという意味だったのかもしれませんよ」

夕子はさすがにこれ以上彼を追及するのはやめにした。

礼をのべて去りかける夕子の顔を、真鍋がしげしげと眺めた。

「東京地検の検事さん、でしたよね」

「そうですよ」

彼の口許《くちもと》にいたずらっぽい笑いが浮かび、ようやく一矢《いっし》報いるようにいった。

「テレビの女性検事より、齢《とし》いってますね」

「やっぱり、4WDが来るのに気がつかなかった、という意味じゃなかったんですか。

こんな大事故になるとは知らなかった。奥さんの無残な姿を見て慚愧《ざんき》に堪えないとでもいった気持……」

テールランプの行列の先に言問橋《こといばし》が見えてきたあたりで、桜木洋は一度シートにすわり直してから歯切れよくいった。

向島で発生した強盗傷害事件の捜査会議に出席した夕子たちは、午後八時すぎに向島警察署をあとにした。車の運転はそのつど夕子がしたり、桜木に替ったりするが、今は彼の意見を聞いてみたいと考えた夕子がハンドルを握り、桜木は助手席に掛けている。夕子が駒込署や真鍋のアパートを訪れた翌日の水曜、彼女は地検から向島署へ来る道すがら、不忍通りの事故の一件をはじめて桜木に打ちあけた。

署を出てからは、真鍋の話が焦点になった。

「でも、穂刈さんは事情聴取のさい、右から車が来るのはわかっていたが、通り抜けられると判断した、と答えているのよ」

「いや、ほんとは全然気がついてなかったのかもしれませんね。左右の確認を怠り、たぶん一時停止もせずにとび出した。だけどそんなことをいえばいよいよ過失の度合いが重くなるので、自分の判断ミスと、その原因となった上田のスピードオーバーを強調しようとしたんじゃないですか」

二十六歳になる桜木は逆三角形の顔に黒縁眼鏡をかけ、一見生真面目《きまじめ》な風貌《ふうぼう》だが、性格は決して仕事一筋というわけではない。検事の女房役といわれる検察事務官の地味な仕事をそつなくこなしながら、スキーや山歩きを楽しみ、恋人の趣味につきあってオペラを聴きにも行く。仕事と私生活を上手に割り切り、バランスをとってエンジヨイしているところが現代っ子らしかった。

「車のことはどう思う？　穂刈さんが半年ほど前に買い替えたそうだけど、白のフィアットパンダなんて、若い女の子がお洒落《しゃれ》で乗りたがる車でしょう？」

「だから、娘さんにせがまれたんじゃないんですか」

「ああ、その点ね、もう一度確かめてもらったのよ」

昨夜夕子は末松に電話して、穂刈の長女にそれとなく尋ねてみてほしいと告げた。

今日の午後には地検へ返事の電話が掛ってきた。末松は仕事で外出したついでに、渋谷近辺の穂刈の長女のマンションに寄ってきたということだった。末松には従姉《いとこ》の子に当る香代は二十四歳で、短大を出たあと、幼馴染《おさななじ》みで高校教師の現在の夫と結婚し、生後半年の女の子がいる。

「香代ちゃんの話では、一年以上も前、何かの折にフィアットパンダのことを父親に喋《しゃべ》ったように思う。可愛《かわい》い車よとはいったが、ぜひ買ってほしいなんてせがんだ憶《おぼ》えはないというんですよ」と末松は報告した。また、事故のあとで父親を詰《なじ》ったことは事実だと、香代は認めた。すると穂刈は、実はあの車はトヨノの希望で買ったのだと答えたという。

「守さんは確かにそういったそうです。偶然女性誌のグラビアで見つけて、お母さんがひどく気に入ったのであれに決めたんだと。香代ちゃんは母親からそんな話を聞いた憶えはないが、まあ一緒に住んでいたわけではないし、自分も育児に気をとられていたからと、ちょっと首を傾げていました。しかしですね、ぼくからいわせれば、そんなの嘘《うそ》に決まってますよ。トヨノは商売以外のことにはほとんど関心のない女で、あの手の外車を欲しがったなんて、とうてい信じられませんからね」と、末松はいよいよ穂刈への疑惑を強めたような語気だった……。

「つまり、末松さんの考えでは、穂刈さんが衝突事故と見せかけてトヨノさんを殺そうと計画し、その時は自分が少しでも安全なように、あらかじめ左ハンドルの車を買っておいたんじゃないかと……」

「だけど、トヨノさんが亡《な》くなってしまった今では、どちらが本当かわからないわけでしょう。率直にいって、この件はぼくには、いまひとつ疑うほどの話ではないような気がするんですけどねえ」

地検や事件現場の人前では徹底したポーカーフェイスを保ち、クールで控え目な態度を崩さない桜木だが、こんな時には遠慮なく自説を主張する。

「穂刈さんは養子で、奥さんに頭が上らなかった。財産も全部トヨノさんの名儀だった。でもそれだけで、彼女を殺す充分な動機といえるでしょうか。第一、方法として危険すぎますよ」

「………」

「後ろのシートにトヨノさんを乗せ、路地の角で機会を見計らい、適当な車が疾走してきたところでその前にとび出して、後部に衝突させて彼女を死なせる。ほとんど軽業ですよ。いくら彼は左ハンドルの運転席にいたからといったって、衝突のし方がちょっとでも狂えば自分の命が危いんじゃないですか。また、たとえ狙《ねら》い通りの箇所にぶつかってくれたとしても、必ずトヨノさんが死ぬとは限らないわけだし」

「そうなの。それは私も最初に考えたわ。そんなにうまく殺せるかしらって」

「事故のあとだって、しいて不審な点といえば、彼が現場で呟《つぶや》いた独り言とか、フィアット購入の理由とか、客観的に見れば不審とさえいえない程度のことですよ。やっぱり、警察を動かすためには、せめて明らかな動機でも見つからなければなあ」

車はいつのまにか言問橋にさしかかっていた。隅田川を渡れば台東区浅草である。

川面《かわも》には両岸のビルの灯火が揺れ、その上を遊覧船が遡上《そじよう》していた。

橋の途中で車の電話が鳴り出した。桜木が取る。

「もしもし……はい、そうですが、検事は今運転中で……は？　末松さん、ですね」

彼はチラリと夕子を見る。

「用件を聞いてください」と夕子がいって、桜木は通話を続けた。

しばらくして、受話器を戻した彼は、いささかうんざりしたような、奇妙な溜《た》め息《いき》をついてからいった。

「とりあえず動機は見つかったみたいですよ」

5

隅田川を渡ってきた言問通りが不忍通りとぶつかり、それを左折して南へ下っていくと、やがて左は不忍池だ。

もう少し先の右側には学業の神様として知られる湯島天神がある。夕子も司法試験を受ける前、友だち何人かとお詣《まい》りに行ったものだった。

道路から神社までの間は上り坂で、そのあたり一帯の夜は暗く、にわかにうら寂しい。人通りの少い坂道や裏通りに沿って、小料理屋やスナックがポツリ、ポツリと灯《とも》りを点している。

スナック〈栄里〉もそんな一軒だった。

桜木が先に立ってスイングドアを押した。

中はカウンターとボックスが三つほどで、止り木に二人の客が掛け、奥のボックス席にも一人いたが、その男が夕子たちを見るなり手を振った。末松である。

「やあ、どうもお忙しいところをようこそ」などと愛想のいい声をあげ、人なつこい笑顔で横のソファをすすめた。二人は彼と斜めに向かいあう形で掛け、夕子が彼と桜木を交互に紹介した。

「カウンターの中に、ママと、もう一人若い子がいるでしょう、あれが問題の三鈴ですよ」

挨拶《あいさつ》をすませた末松が小声でいう間に、そのホステスがお絞りを持って来た。

「いらっしゃいませ」とえくぼを刻んで二人に笑いかける。

額の広いぽってりした丸顔に、大きな目、低い鼻と厚い唇などがちょっとバラバラに配置されたような感じだが、一見した印象はともかく可憐《かれん》で健康そうだ。襟がV字に切れこんだきちきちのドレスが、外国人のようなボリュームの胸や、はちきれそうな腕の肉付きをいやが上にも盛りあげて見せている。年齢は二十七、八くらいか。

「こちらは弁護士の先生方。仕事でいつもお世話になってるので」

末松がそんなことをいうと、

「三鈴です」と彼女はしおらしく頭をさげ、それから同世代の男性に対する興味の目で桜木を眺めた。

飲み物を訊《き》かれ、夕子は車があるのでウーロン茶、桜木は夕子に気兼ねしながら水割りを頼んだ。

三鈴が戻っていくと、末松がまた小声で、

「ここは和尚《おしよう》さんやぼくらが来るカラオケの店とはちがうんですがね、ぼくは家も近いんで長年の常連なんです。それでさっきの話はママから聞いたんですよ」

さっきの話というのが、彼が夕子の車に掛けてきた電話の内容だった。

穂刈ももとから町内の仲間などと、たまにこの店へ飲みにくることがあったが、一年半ほど前、三鈴が入ってから、急にちょくちょく一人で現われるようになった。勿《もち》論《ろん》目当ては三鈴で、彼女のほうもまんざらでもない様子だと思っていたが、いつのまにか二人は深い仲になっていたらしい。というのは、ひと月ほど前、店が休みの日曜夜、ここから歩いて十分ほどの三鈴のマンションの玄関から穂刈が出てくるところを、ママが見かけたそうである……。

末松は今夜一人で飲みに来て、ほかの客がなく、三鈴は別の客に誘われてどこかへ出掛けていた時、また例の事故の話になった。ママは彼が事故の真相に疑念を抱いていることを知ると、意を決したふうにその話を打ちあけてくれたということだった。

「トヨノが気づいていたかどうか。ばれてたら大変なことになってたと思いますよ」

三鈴がグラスをのせた盆を運んできた。末松が三鈴にも何か飲むように勧め、彼女が自分の水割りもつくると、みんなで軽く乾盃《かんぱい》した。

「このへんは案外静かなのねえ」

夕子は三鈴に話しかけてみた。今夜は末松の懇請に応じて、ちょっと店や彼女の様子を見に寄ったのだ。

「そうなんですよ、お店がチラホラしかない上に、この頃はどこでもお客さんが多くないでしょ。だから帰り道がこわいくらいです」

「歩いて帰るの」

「ええ、ここから十分くらいですから」

「じゃあ、お客さんに送ってもらえばいいじゃないか。そういう人、いるんだろう？」

末松がからかう口調でいうと、三鈴は困ったように笑ってうつむいた。

「東京には長いんですか」

夕子がまた尋ねてみた。三鈴の喋り方に名古屋方面のイントネーションを感じたからだった。長年の検事生活で多種多様な相手の取り調べをするうち、訛《なま》りや方言をかなり聞き分けられるようになっている。

「高校出てすぐ東京へ来ましたから……」

「この店へ来るまでは何やってたの」と末松。

「何って……上野のほうのお店で働いてました」

「やっぱりこういうスナック？」

「そうですよ」

「上野か。ぼくも学生時代上野に下宿してたな」

桜木が呟くと、三鈴は身をのり出した。

「先生もですか。上野のどのへんですか」

自分のことからなるべく話題をそらしたいのかもしれない。

三鈴が桜木と話している間に、ママがカウンターを出てこちらへやってきた。

末松がさっそく身体《からだ》をずらして、彼女のすわる場所をつくる。ママは四十前後の、薄紫のスーツを着たしっとりした雰囲気の女性だった。

彼女は新しい客の夕子たちにていねいに挨拶してから、傍らの末松を見た。

「この間はほんとに大変でしたわねえ。もう落着かれましたかしら」

「どうですかね。ぼくもそんなにのべつ行ってるわけじゃないから」

事故のことらしい。末松が亡くなったトヨノの従弟《いとこ》で、穂刈家とは親戚《しんせき》に当ることは、当然今までにも話に出ていただろう。ただ、穂刈と三鈴が深い仲だということは、それぞれが知らぬ顔をしている。

「守さんはその後ここへ来ませんか」

「いえ、あれからはまだ一度も。私が初七日に伺った時には、鞭打《むちう》ち症で手がしびれるとおっしゃってましたけど、どんなご様子なんでしょうか」

「さあ……いずれにせよ、守さんも寂しくなったと思いますよ。トヨノとは評判のおしどり夫婦だったんですからねえ」

またうつむいた三鈴の顔が、なんともいえずつらそうに歪《ゆが》んでいるのを夕子は認めた。眉根《まゆね》をつりあげて八の字をつくり、下唇を白くなるほど噛《か》みしめている。

ママもそれに気がついたのか、少し話題の向きを変えた。

「交通事故というのは、当事者の双方共が大変ですものねえ。穂刈さんだけでなく、相手の車の人もやりきれない気持だと思いますよ。いえね、そういう私も昔交差点で車をぶつけたことがあるもんですから」

「死んだの」と末松が驚いたように訊く。

「いえ、幸い相手の方は打撲傷ですんだんですけど。それでも心配でねえ。しばらく落ちこんでましたよ」

「そうだろうねえ……」

そうだ、この事故にも相手がいたのだと、当り前のことを今さらのように夕子は考えた。

不忍通りを西日暮里の方向から走ってきた4WDの運転者は、上田五郎という名で、土木会社に勤める三十一歳のサラリーマン。妻と小さな子供もいると聞いた。

当日彼は、上野にある会社から、一度外神田の社宅へ帰って、それから所用で田端の友人宅へ出掛けて、遅くなってまた家へ帰る途中だった。車があるので友人宅でも酒は飲まなかったと証言しており、事実酒気は認められなかった。

もしこの事故が穂刈の意図で計画的にひき起こされたものだとしたら、たまたま走ってきて衝突の相手に選ばれた上田も大変な被害者だったことになる。自分に怪我《けが》はなかったとはいえ、車に傷がつき、それより何より、人ひとりの命を奪ってしまったという寝覚めの悪さに一生つきまとわれることだろう。

穂刈は4WDが通りかかるのを待っていたのだろうか？

そこへまさに都合よく上田の車が来合わせたのか？

相手が4WDで車高が高かったために、いっそうトヨノの頭部を直撃する結果になったと、末松や署の交通課の人も話していた。ふつうの車より衝撃も強烈だっただろう。

だが、そのぶん穂刈自身の危険も大きかったことになる。さっき桜木もいっていたが、ぶつかり方によっては自分が命を落とさないとも限らない。

しかし、結果は穂刈の狙い通りになった。4WDはフィアットの右後部に激突して、トヨノは死んだ。

実にうまくぶつかったものだ……。

少しの間ぼんやりしていた夕子は、われに返って腕時計を覗《のぞ》き、急いで桜木に目くばせした。

（そろそろ帰りましょうか？）

彼はすぐ了解して、三鈴とのお喋《しゃべ》りを切りあげた。

末松はもう少し飲んでいくというので、夕子と桜木はスナックを出た。三鈴が道路まで送りに来て、「またいらしてくださいね」と桜木の腕をとって念を押している。

「三鈴さんはあなたがお気に入りみたいね」

歩き出してから夕子がからかうと、桜木はむしろ表情を引きしめた。

「彼女は一昨年まで上野のスナックで働いていたそうですが、店の場所は御徒町《おかちまち》の駅の西側だったといってました。すると外神田の近くじゃないでしょうか」

夕子は足を止めた。街灯の下で、二人はにわかに緊張した視線を交わした。

「そう……上田さんの会社は上野、社宅は外神田ということだったわ。勤め帰りに御徒町の駅のそばのスナックに寄ることもあったかもしれない……」

6

「駒込署刑事課長の久米《くめ》さんからですが――」

電話に出た桜木が夕子を見て囁《ささや》いた。

東京地検A棟四階の夕子の部屋からは、広い窓の正面に旧法務省の赤レンガの建物と緑の植込みが見下ろされる。夕子と桜木のデスクがL字形に配置され、取調べを終えた参考人が帰ったあと、ほかには誰もいなかった。

夕子が電話を切り替えて受話器を耳に当てた。

「霞《かすみ》です。昨日はどうも」

湯島のスナックに寄った翌日の昨日朝、夕子は駒込署交通課に電話を入れ、穂刈と上田の送致書類がまだ地検へ提出されていないと知ると、もう少し待ってくれるよう告げた。

それから電話を刑事課に回してもらい、刑事課長の久米警部と不忍通りの「事故」について話しあった。そもそも久米が夕子を交通課へ紹介してくれたのだが、紹介を頼んだ時には、ただ知人が関わっているので、とだけいっておいた。

昨日の電話では、夕子はかなり具体的な推測を口に出し、久米の合意も得た上で、必要な調査を依頼した。

彼は交通課で直接詳しい状況を聞いてから調べてみようと答えたが、その結果は意外に早く返ってきた。

「上田五郎が勤めているのは上野一丁目にある中クラスの土木会社です。JR御徒町の駅から五百メートルと離れていません。会社はここ二、三年、工事の受注が減って、経営が相当苦しいようです。すでにリストラも決まっている。上田もその対象に入っているという話でした」

久米の野太い声が聞込み捜査の結果を簡潔に伝えてくれる。短いセンテンスで多少ぶっきら棒に喋るのが癖だった。

「一方、スナック〈AZAMI〉は御徒町の駅の西側で、繁華街の入口あたり、ママと若い子二人くらいのけっこう古い店だそうです」

三鈴が話した通り、彼女は一昨年暮まで約二年ほどそこのホステスをしていた。最近は減っているが、上田の会社の社員も昔からよく使っていた店で、三鈴がいた頃上田自身も時々顔を見せていたと、ママやホステスが聞込みの捜査員に語った。

「三鈴は名古屋近郊の出身、上田も確かそっちの方の出らしく、二人がお郷里《くに》ことばで喋りあって笑っていたのを憶《おぼ》えているというホステスもいた。要するに、二人は明らかに知合いだったわけです」

三鈴が〈AZAMI〉を辞めて〈栄里〉に移ったのは、もう少し良い条件で引き抜かれたということらしい。店を替ったあとも三鈴と上田との間に交流があったかどうかまでは、まだわからない……。

夕子は、来週早々にも久米と会って、今後の方針を決めることにして、電話を切った。

翌土曜の遅い午後、夕子は一人で自宅を出た。

五月下旬に入っても雨が少く、初夏の陽気が続いている。今日は吉達《よしたつ》も珍しく用僧に出て、古びた石塀で囲われた境内はひっそりしている。町内でまだ立てられたままの鯉《こい》のぼりが風にはためく音が、意外に耳近く聞こえた。

湯島天神の裏手、通称湯島のホテル街からさほど遠くない四階建マンションの名前と位置は、末松から教えてもらった。末松が〈栄里〉のママから聞いていたという。

休日の午後四時すぎ、人気が少くてどことなく寂しい道路脇《わき》に車を駐《と》めて、夕子はコンクリートの打ちっ放しのペンシルビルのようなマンションのエレベーターに乗った。三鈴の部屋は四階と聞いていた。

狭い踊り場の両側にあるドアのうち、片方にはネームプレートが出ていない。夕子はそちらのチャイムを押した。

妙に弾んだ女の声が応《こた》え、ドアの覗き窓がカチリと音をたてた。

「どちらさまですかあ？」

客を見て急に気の抜けた調子で尋ねる。

「先日お店へうかがった霞という者ですけど」

やっとドアが開いた。

コットンのブラウスにショートパンツの三鈴が姿を見せた。ふだん着でもきつめの服が好みなのか、今日も腕や太腿《ふともも》の肉付きが盛りあがっている。ちょっとバランスを欠いた造作の顔は、化粧がないせいか店で会った時より素朴で稚《おさな》く見えた。

「あらあ、この間の先生……」

直接面と向かって思い出したのか、三鈴は少し好意的な表情で白い歯を覗かせた。

「出勤前でお忙しいんじゃありません？」

「まだいいんです。土曜はどうせ暇ですし。でも、何か……」

仕種《しぐさ》もどこか少女っぽく首を傾《かし》げて見せる。

「いえね、この間の不忍通りの事故のことなんですけど……あなたが〈ＡＺＡＭＩ〉で上田五郎さんとお知合いだったと聞いたものですから……」

いきなり昔の店の名を出されて驚いたのか、三鈴はあいまいに笑っただけだった。

「上田さん、〈栄里〉にもいらっしゃるんですか」

「いえ……」

「あなたが〈栄里〉に移ったことは知ってらっしゃるんでしょ」

三鈴はいっとき困った様子で、

「私が、ご挨拶状《あいさつじょう》を出しましたから……そしたら店に電話をくださって、一度行くよとかいってらしたけど、それっきり……」

「上田さんはあなたとは郷里も近いそうですね。とりわけ親しいお付合いだったんじゃないんですか」

「いいえ、そんなことありません」

三鈴は目を瞠《みは》り、鼻孔をふくらませて急にきっぱりと否定した。

「〈栄里〉に替ってからは、電話をいただただけで、一度も会っていません」

「まあそれにしても、あなたは穂刈さんと上田さんと、あの事故の当事者を二人ともご存知だったわけね。もちろん、偶然でしょうけど」

「でも二人は、直接の知合いじゃなかったんです。私が二人を知ってることも、どちらも知らなかったんです。だからほんとにあの事故は偶然だったんです」

三鈴は別の意味で「偶然」を強調した。いよいよけんめいな表情になっている。夕子は微笑して、

「では、事故のあとで二人にもわかったわけ？　どちらもあなたの知合いだったということが」

「最初私が、穂刈さんから事故のことを――」

そこまでいって、三鈴はまた少し戸惑ったように口をつぐんだ。

「穂刈さんからは、どこで、いつ聞いたんですか」

夕子がやや鋭くみつめると、三鈴はその視線を逃れるように目を伏せて、小さく溜《た》め息《いき》をついた。

「事故のあくる日、電話が掛ってきて……」

「何時頃？」

「お昼前だったと思います」

事故は深夜のことで、そのあくる日、しかもそんな時刻〈栄里〉は開いてないのだから、穂刈が個人的に三鈴に知らせたことはまちがいない。二人の間柄がここでもおのずと明らかになってくる。

「電話ではどんなことを聞いたの？」

「ですから、昨夜遅く、奥さんを病院へ連れて行く途中で事故を起こしちゃって、奥さんが亡《な》くなったって……」

「事故の相手が上田さんだったことはいつ知ったんですか」

「そのつぎの電話だったかも……二、三日たってから、もう少し詳しい事情なんか話してくれて、相手の人の名前を聞いたら……いえ、最初は同姓同名かと思ったんですけど、会社も同じで、やっぱり〈AZAMI〉にいらしてた上田さんらしいんで、もう、ほんとに吃驚《びっくり》しちゃって……」

語尾が震え、ふっくらした頰が少し蒼《あお》ざめている。

「それからあなたはどうしたんですか」

「すぐ上田さんの会社に電話して訊《き》いてみました。だって、同じ会社に同じ名前の人がいないとも限らないから」

「ええ」

「でも、やっぱり彼だとわかって……」

「上田さんはなんといってました？」

「フィアットが細い道から急にとび出してきたので、どうしようもなかったと……」

「その時はもう、上田さんは穂刈さんとあなたが知合いだということを知っていたんですか」

三鈴の眸《め》が一瞬うろたえたように宙を泳いだ。

「い、いえ、たぶんまだ……そう、そのあとで私が、穂刈さんは〈栄里〉のお客さんで、事故のことも彼から聞いたといったら、驚いてました。すごい偶然だって……」

「ほかには何か？」

「会社だったから、まわりを気にして、彼はあんまり喋りたくないみたいでしたけど……最後に、ぼくはなんにも知らなかったんだって……」

三鈴の呟《つぶや》き声を、夕子はゆっくりと反復した。

「ぼくはなんにも知らなかったんだ？」

「ええ、なんかすごくショックを受けているみたいな声で……」

「何を知らなかったという意味なんでしょう？」

「だから、ぶつかった相手が私の知合いだということを……」

いまひとつ自信のない声だ。夕子は同意できない顔で頭を振った。

「偶然の事故なら、相手のことを知らないほうが当り前じゃありませんか。第一、その少し前に、あなたが穂刈さんと知合いだったことを話して、上田さんはすごい偶然だと驚いてたわけでしょ。なぜ最後にわざわざ、ぼくはなんにも知らなかったんだ、なんていったのかしら」

「私にそう訊かれても……」

「何も知らなかったんだ、ということばには、何も深い事情は知らなかった、というニュアンスがこもっていませんか」

もっといえば、深い事情を知らずに何かを行った者が、あとでその事情を知って慨嘆するような響きが感じられはしないか？

「私にはわかりません」

三鈴が泣き出しそうな声でいった。

夕子は少し間をおいてから、

「事故の直後、現場で穂刈さんも独り言みたいに呟いたそうですね。知らなかった、と」

「…………」

「穂刈さんから何かそういったことをお聞きになりませんでしたか」

「いいえ」と、今度は怪訝《けげん》そうに小さく首を振った。

「どういう意味だったと思いますか」

「もしかしたら、奥さんが後ろに乗っていたことを知らなかった、とか？」

「そんなはずはありませんね。彼はトヨノさんを病院へ連れていく途中だったんですから。警察でもそう話しているし、実際あの日の夕方六時頃、家内が夜になってひどくなったら連れていくからよろしくと、主治医に電話を掛けているんです」

その点は駒込署刑事課に確認してもらった。医師はいつもの通り午前一時頃まで起きていたが、穂刈たちが来なかったので、そこまでの必要はなかったのだろうと考えて就寝した、と語ったそうである。

再び夕子の鋭い視線を受けた三鈴は、

「私は知りません」と、途方に暮れたように呟いた。大きな眸にうっすらと涙が滲《にじ》み出ていた。

「もしかしたらね」

夕子は穏やかな眼差《まなざし》に戻り、例のスローペースのよく通る声で、ゆったりといった。

「穂刈さんは何かを知らなかったんじゃなくて、その呟きを上田さんに聞かせたかったんじゃないかしら」

夕子はまだ油断なく三鈴を観察していたが、相手の顔からは当惑の表情以外、何も読みとることはできなかった。

7

「ほ、穂刈さんとは、あの事故ではじめて知りあっただけです。ぼくは谷中ぎんざなんて行ったことないし、仕事とも関係ない。知ってるわけないじゃないですか」

衝立《ついたて》の向こうから若い男の大きな声が聞こえている。ちょっと喘《あえ》ぎながらの急《せ》きこんだ喋《しゃべ》り方が、かえって精一杯の防御の姿勢を露呈しているかのようだ。

「三鈴ちゃんとも、彼女が店を替ってからはずっと会っていません」

「事故のあとで、彼女があなたの会社へ電話を掛けたそうですね」

刑事課長の久米《くめ》が尋ねている。

「ええ。彼女は穂刈さんからぼくの名前を聞いて、心配して掛けてくれたんです。それで穂刈さんが彼女の店のお客だったとわかって……ほんとに、なんというか、不幸な偶然だったんです」

三鈴と同じことをいっている。必死な口調もそっくりだ。だが、二人の立場の微妙な差を聞き取ろうとでもいった気持で、夕子は衝立のそばのあいていた椅子《いす》にそっと腰をおろした。

上田五郎に改めて刑事課から話を聴くつもりだと、久米から夕子に連絡があったのは、週があけて早々の月曜朝だった。最初は捜査員が上田の自宅を訪ねる予定でいたが、上田が社宅では周囲の目もあるし、幼い子供がいるのでと、自分のほうから駒込署へ出向くことを望んだ。事故の直後にも、彼は交通課で調べを受けている。

上田の聴取は、彼の仕事の都合も考慮して、火曜夜八時からと決まった。取調室ではなく、刑事課の一隅を選んだのは、夕子も横で聞けるようにとの久米の配慮と思われた。警察での本格的な取調べに検事が立会することはふつう考えられないのだ。

夕子もまだプライベートな立場で、桜木も連れずに一人で来た……。

「ところで、おたくの会社ではいよいよリストラを断行するらしいですね」

久米が話題を変えた。

「上田さんも対象に入っていると聞きましたが」

「ええ……」

「まだそんな年齢でもないだろうに」

「ぼくのいた開発部が廃部になってしまったもんですから」

「そりゃあまた、運が悪かったわけだ」

「まあ、いろいろあったんですが、勤めは夏までということになりました」

上田の声が急に低くなった。

「では社宅も出なければならないね」

「ええ……」

「大変だねえ。まだ子供さんも小さいんでしょう?」

「一歳半ですが」

「それじゃあ、奥さんが働きに出るわけにもいかないしねえ」

久米はだんだん親しげな調子で語りかける。

「あなたに怪我《けが》がなかったのだけは何よりだが、車の修理代なんかは、保険から出たの」

「いえ、ぼくは強制保険しか入ってなかったですから……穂刈さんの任意保険で払ってもらうように頼んでいます」

「うん、過失は圧倒的に向こうのほうが大きいんだからね」

「そうですよ。ぼくは何も……」

腫《は》れぼったい目と少し歯並びの悪い口許《くちもと》が朴訥《ぼくとつ》な感じの若い男が、出かかったことばをのみこむようにうつむいた時、夕子は衝立の内側に入って、久米たちの斜め後ろから彼を見守っていた。

「ぼくは何も知らなかったと、あなたは電話で三鈴さんにいったそうですね」

ふいに夕子の発言を聞いた上田は、日灼《ひや》けした顔を吃驚したようにこちらへ向けた。

「あなたは、何を知らなかったんですか」

上田はまだしばらくぼんやりしていたが、久米ともう一人の刑事も目顔で答えを促しているのに気がつくと、当惑ぎみにまた口を開いた。

「穂刈さんと三鈴ちゃんが、知合いだったということです」

「たぶんそうではありませんね」

夕子は正確にことばを選んでいい返した。

「あなたが三鈴さんにいいたかったのは、事故のさい、穂刈さんの妻トヨノさんが後部座席に乗っていたことを知らなかった、ということではなかったんですか」

「もちろん、それもみんな含めてですよ。ぼくが知るわけないじゃないですか。穂刈さんだって知らなかったことを」

「何？」

久米が鋭く聞き咎《とが》めた。がっしりと鍛えあげた上半身を上田のほうへ傾け、太い声で質問した。

「穂刈さんだって知らなかった、とはどういう意味です？」

上田の浅黒い顔に血がのぼり、みるみる激しい狼狽《ろうばい》の色に染まった。

「だから、その、奥さんが後ろに乗ってたことを……」

おそるおそるのように答えた。思わず口を滑らせたことを悔んでいるのだ。

「穂刈さんがそういったのか」

「ええ……」

「いつ？」

「事故のすぐあと、現場で、知らなかった、と呟いてました。それから、またあとで……」

「あとで何と？」

上田は諦《あきら》めたように、重い口吻《くちぶり》で話し出した。

「穂刈さんは、最近好きな女ができて、夜、奥さんの目を盗んでは会いに行っていたそうなんです」

「ほう」

「ところがそれがばれて、近頃ではとくに家内の監視がきびしくなった。でも幸い今夜は早く寝室へ入ったので、そっと抜け出してきたつもりだったが、実は家内はそれも見越していて、車の中に隠れて、俺の行く先を突きとめ、浮気の現場を押さえるつもりだったのだろう、といってました」

「奥さんが喘息《ぜんそく》の発作を起こして、病院へ連れていく途中じゃなかったのか」

「実際夕方頃には家内の調子が悪くて、医者に電話を掛けておいた。でも、夜にはおさまって早く寝たものと信じこんでいた。俺を油断させる手だったのかもしれない。でも現場ではそのことを思い出したので、警察には病院へ行くところだったと話した。

まさかありのままをいうわけにもいかないから。でも、自分は家内が後ろに乗っていたなんて、本当に知らなかったんだと……」

「しかし、穂刈さんはなぜわざわざあなたにそんなことを話したんです？」

もう一人の若い刑事が追及の口調で訊く。三人の視線に射すくめられたように、上田は黙りこんでしまった。

夕子が代って答えるようにいった。

「穂刈さんがあなたにそんな話をしたのは、あなたにも信じてもらおうとしたからではないんですか。奥さんが後ろに乗っていたことを、穂刈さんは知らなかった、つまり、奥さんが被害にあうのを計算した上での事故ではなかったのだということを」

「………」

「あなたはそれを信じますか」

上田は少し唇を動かしたが、やはりことばが出なかった。

「われわれには信じられないね」

久米が断を下す声でいった。

「なるほど、これでおよその筋書きが見えてきた。まず、穂刈とあんたは、事故ではじめて出会ったのではない。三鈴を介して以前から知合いだったのだ」

夕子も思わず満足げに頷《うなず》いた。三鈴と上田のあの必死の否定が、むしろいっそうその事実を強調していた。

「あの晩穂刈は、睡眠薬を飲ませてトヨノさんを眠らせ、フィアットの後ろに乗せた。不忍通りへ出たところで、あんたの車がフィアットの右後部に衝突して、トヨノさんを死なせた。時間を決めて、打合わせ通りにやったのだ。これは偶然の事故ではない。計画的殺人だ。そしてあんたは殺人の共犯者なんだ」

「ちがいます！」

上田がとびあがるように叫んだ。

「ぼ、ぼくは、なんにも知らなかったんだ。奥さんが死んだことには関係ありません！」

「ではどこまで関係があるのかね」

「どこまで知っていてやったというのか」

久米たちが有無をいわさぬ勢いで畳みかけた。

しばらくの間、上田は深々と頭を垂れるようにして、その頭がかすかに揺れていた。揺れながら、ようやくかすれた声を洩《も》らした。

「車をぶつけてくれればいいと……それだけ頼まれていたんです」

「後ろの座席をめがけてだな」と久米。

「でも、奥さんが乗っていたなんて、知らなかった。後ろの窓ガラスにはフィルムが貼《は》ってあって、中は見えなかったし……第一、そんなにうまくやれるもんじゃない。ぼくは絶対に、わかっていて奥さんを殺したんじゃありません！」

8

「わたしも知らなかったんですよ。まさか家内が後ろの席に忍びこんでいたなんて……まことにお恥ずかしい話ですが」

駒込署の取調室で、穂刈守は広い肩と厚い胸を縮こめるようにして、聞き取りにくい低い声で答えた。商店主らしく、背広の下にポロシャツを着て、立派な体格だが、かなりの猫背だ。造作の扁平《へんぺい》な大きな顔、下り目や薄い顎《あご》のあたりには気弱さが滲《にじ》み出てはいるが、何かいまひとつ、性格をどれかのタイプに分類するのがむずかしいような印象だ。

前夜、上田五郎が自供したところによれば――

上田と穂刈は、約三カ月前、今年二月の日曜の午後、湯島の三鈴のマンションで偶然会った。上田は勤め先の土木会社の経営が思わしくなく、自分がリストラにあう可能性も考えて、三鈴に再就職の相談に来ていた。以前〈AZAMI〉にいた頃、彼女の義兄が名古屋で工務店を経営していると聞いたことを思い出したからである。

上田はあらかじめ〈栄里〉へ電話を掛け、三鈴のマンションの場所を教えてもらって訪問したのだが、話の途中で穂刈がやってきた。彼は予告もなしで遊びに来たという感じだったが、妙に慣れた様子でもあった。

その時は簡単に紹介され、三人でしばらく雑談したあと、上田が先に辞去した。

就職の話は具体化しなかったが、約ひと月後の三月中旬、穂刈から上田の会社へ電話が掛ってきた。折入って相談があるといわれ、その晩新橋の小料理屋の個室で穂刈と会った。新橋は日頃上田にはあまり縁のない場所で、穂刈にも馴染《なじ》みの店のようではなかった。穂刈はあえて顔を知られていない店を選んだのであろう。

「今夜ぼくらが会うことは、三鈴には内緒だが、あなたの事情などは彼女から聞いてよくわかっている」と、穂刈はいった。

穂刈はその一年あまり前から三鈴と深い関係になっていると、上田に打ちあけた。彼はすっかり三鈴に心を奪われて、足繁《しげ》く〈栄里〉やマンションへ通っていた。

ところが最近トヨノがあやしみ始め、彼の行動をきびしく監視して、外出もままならなくなった。そこで上田に相談とは、穂刈の車にわざと衝突してほしいということだった。その事故で、自分は鞭打《むちう》ち症になったふりをして、知合いの病院に入院させてもらう。入院費用は保険でおりるし、口やかましい妻のそばを逃れ、夜は病院を脱け出して、好きなだけ三鈴に会いたい——。

勿論《もちろん》、上田の車の修理代も穂刈が払うし、三百万円の謝礼を約束されて、上田は心が動いた。賃金カットも始まっていて、少しでも金が欲しかったのと、物損事故を起こすだけだと割り切って引き受けた。

その後もう一度会って、事故の場所と日時などの詳しい取り決めをした。三鈴にはいっさい秘密だったが、以前二人を紹介したことだけは誰にも絶対に喋《しゃべ》ってはならない、どんな誤解を受けるかもしれないからと、事故のあとで固く口止めするつもりだと、穂刈はいっていた。

当夜、上田が所定の零時五分頃、不忍通りの所定の地点にさしかかると、左側の路地の角に穂刈の白いフィアットパンダの前部が見えた。上田は接近しながらクラクションを鳴らした。それが合図だった。

穂刈の車は不忍通りにとび出してから、何秒か停止した。その後部めがけて、上田が4WDを衝突させた。

「いよいよ決行という前の晩、穂刈さんが電話を掛けてきました。自分が鞭打ち症を装《よそお》って入院するためには、ある程度は強くぶつかってもらわなければ困る。自分は左ハンドルの運転席にいるのだし、後ろに狙《ねら》いを定めて、思い切って突っこんでくれと念を押されました。自分たちはしっかりベルトを締め、そのつもりで身構えておけば本当に鞭打ち症になる心配はない、と。それで、いわれた通りにやりました。事故のあと、わざと『馬鹿《ばか》野郎』と怒鳴ってから、フィアットに近づいてみたら、後ろで女の人が血だらけになっていたので仰天したのです。そばで穂刈さんが呻《うめ》くように呟《つぶや》くのが聞こえました。知らなかった、と――」

翌水曜午後、駒込署刑事課が穂刈を呼んで事情聴取した。具体的な犯罪の容疑が浮上しているので、取調室で、久米《くめ》と一係長の警部補が詳しく追及した。

穂刈は神妙な態度で上田の供述を全面的に認めた。

「申し訳ありません。上田さんのいう通り、事故は彼に頼んで仕組んだものでした。それにしても、わたしが不注意だったのです。家内が後ろの席にひそんでいることに、わたしが気づくべきでした。気づいてさえいれば、当然上田さんとの計画も中止になっていたのです」

穂刈は肩を落として、何度目かの深い溜め息《たいき》をついた。

「奥さんがひそんでいたんじゃなくて、あんたが乗せたんじゃないのかな」

「睡眠薬を飲ませて眠らせた上でね。そこへ上田に思い切って激突してもらった。交通事故では検視も簡単で、解剖などしないから、睡眠薬が検出される恐れもない。出合い頭の事故を装った完全犯罪ではなかったのかね」

「奥さんが亡《な》くなれば、店も財産もみんなあんたの自由になるし、誰に遠慮もなく惚《ほ》れた女と再婚できる。いいことずくめじゃないか」

久米たちはじわじわと問い詰めたが、穂刈はまるでピンとこない顔で追及をかわした。

「どうしてそんなとんでもないことを……それは確かに、家内は気の強い我儘者《わがまま》で、わたしは長年頭を押さえられっ放しでしたよ。でもねえ、いざ死なれてみると、それはもう、なんともいえず寂しいものなんですよ。どれほどガミガミいわれても、生きててくれたほうがよかった、ガミガミいう声が今では懐《なつか》しくってねえ……あれが全部夢だったらどんなにいいかと、思わぬ日はないんですよ。こんな気持になるなんて、生前には想像もしませんでしたけどねえ……」

相変らず低い声でボソボソと続く概嘆には、奇妙な実感がこもっているようでもあった。

「それとですねえ」

ようやく顔をあげた穂刈は、醒《さ》めた目で警部たちを見較《みくら》べた。

「よしんばわたしが家内を車の後ろに乗せて、衝突してもらったとしても、必ず死ぬとは限らないでしょう。そしてもしやりそこなったら、何もかも家内に知られてしまうんですよ。そんな危いことができるわけないじゃありませんか」

署ではひとまず穂刈を帰宅させた。が、彼への殺人容疑が消えたわけではない。なんとかして傍証を固め、逮捕にこぎつけたいという方針である。

夕子のところへは、その日退庁する少し前に久米から電話が入り、事情聴取の内容を伝えてくれた。

「そう、必ずうまく殺せるとは限らないわけですものねえ。むしろ失敗の確率のほうが高いか、せいぜい五分五分くらいかもしれませんねえ」と、夕子は率直な感想をのべた。

「確かに、あれが計画的であったとすれば、穂刈は相当危ない橋を渡ったことになりますが」

夕子は少し黙っていてから、ふいに頭に浮かんだことを口に出した。

「もっと確実な方法もありますわね」

「………?」

「車に乗せる前に、睡眠薬ではなくて……」

受話器の向こうでかすかに息をのむ気配が感じられた。

「自宅の捜索をするといったら、観念した様子で自白したらしいわ。実際、捜索の結果、居間や廊下から大量の血が流れたことを物語るルミノール反応が認められたし、凶器と思われるブロックが裏庭の隅に埋めてあったんですって」

夕方の勤行《ごんぎょう》をすませて庫裡《くり》へ戻ってきた吉達《よしたつ》に、夕子は駒込署の久米から電話で知らされたばかりのことを告げた。土曜の午後七時頃で、日の長い季節でも、静かな庭にはようやく宵闇《よいやみ》がたちこめ始めている。

「そうか」

吉達は短く答え、僧衣を脱ぎながら、フーッと息を吐いた。

「守さんが毎日警察に呼ばれているらしいとは、末松君から聞いていたけどねえ。最近では三鈴とかいうホステスまで彼を疑い始めて、もう付合いたくないといい出している。それで守さんもすっかりしょぼくれて、身体《からだ》がひとまわり小さくなったみたいだなんていってたよ」

「三鈴さんに振られたことも、それはショックでしょうけど、でも……」

罪の意識と、その結果トヨノの存在が身辺から消えてしまったことが、穂刈を打ちのめしていたのではないだろうかと、夕子には思われてならない。久米の話の様子では、犯行を自白する以前から、穂刈は、あれが全部夢で、トヨノが帰ってきてくれたらどんなにいいかと、そればかり嘆いていたというから。

「やっぱり人間は、何かを失ってみなければ、その本当の価値がわからないものなのねえ」

小さな石塔の横で咲いている紫陽花《あじさい》の色が、濃くなる闇にゆっくり溶けこんでいくのを見守りながら、夕子は独り言のように呟いた。

「とくに男の人は、妻を失ってからよくそんなことをいうわ」

それから夫の反応を測るように振り向くと、廊下の奥で食堂へ入っていく彼の足音だけが聞こえた。

夜更けの祝電

1

とうとう降り出したみたい——

山口美幸《みゆき》は思わずカーディガンの襟元をかき合わせながら窓の外を見あげた。うす赤く滲《にじ》む大都会の夜空から落ちてくる細かな雨滴が、木枠で六つに仕切られた窓ガラスに当たっては筋をひく。

まさか霙《みぞれ》ではないだろうが、それでもおかしくないほどの、今年一番の急な冷え込みだった。

まだ十一月七日というのに——

そしてその日は、美幸の三十代最後の誕生日に当っていた。

窓の外には幅四、五メートルの公道が見え、すぐその先にまったく突然という感じで二十数階の高層ビルが聳《そび》え立っている。近年できたばかりのまだ輝くようなドイツ銀行のビルだ。こちらからは裏側が見えているわけで、ビルの表は桜田通りに接している。虎ノ門から霞《かすみ》が関《せき》、皇居のお濠《ほり》へと達する国道一号線である。

向こうからいえば、こちらが「突然」と感じられるかもしれない。この都心のどまん中の、それもわずか一ブロックほどの区域にだけ、戦災を免れた戦前の東京の町並が現れるのだから。

愛宕《あたご》山の麓《ふもと》に当るこの界隈《かいわい》では、ほとんどが間口一間、板壁にガラスの引き戸のある商店が軒を並べている。八百屋、パンと駄菓子の店、染め物屋、小さな印刷屋などで、二階はたいてい窓に手摺《てす》りを付けた住居だ。

商店の隙間《すきま》の一メートルも幅のない路地奥に、やはり板壁の二階建住宅が覗《のぞ》き見える。

商店が途切れた先にも住宅は何戸かあり、一つだけとび抜けて大きな西洋館があるものの、ほかはやはりごく小ぢんまりした家々で、今美幸が独り暮らししているのもそうした中の一軒だった。

彼女は三十九年前にこの家で生まれ、ずっとここで育ち、四年制の私大を卒業したあと、現在も勤めている中堅事務機器メーカーへ就職した。

三十一歳で結婚したが、退社せずに頑張り抜いたのは正解だった。三年後には破局が来て、まだ父も存命で、弟夫婦も同居していたこの家へ帰ってきた。母は彼女が高校生の頃他界していた。

翌年、損害保険会社に勤める弟が関西の支店へ転勤になって、身重の妻を連れてここを出て行った。同じ年に父は運送会社を定年退職し、その後二年あまり、いわゆる悠々自適の暮らしをしていたが、美幸が三十七歳の春、脳梗塞《のうこうそく》であっけなく亡《な》くなった。

独り残された美幸は、相変らずこの家から毎日麴町《こうじまち》にある会社へ通勤して、一年半が過ぎた。結婚を機に社内のそれとないムードに押されて「寿《ことぶき》退社」などせずによかった、と、今ではなおのこと思う。

そう、頑張り抜いたといえば、バブルの時代のこの一帯の住人たちもそうだったといえるだろう。美幸はちょうど結婚してよそに住んでいた時期なので詳しい事情まではわからないが、その頃この辺は地上げ屋の猛烈な攻勢にあいながら、強固な結束が保たれ、一戸もここを動かなかった。

離婚した美幸が戻ってくる頃には、バブルははじけ、今ではもう当時とは比較にならないほど土地は値下りして、買い手も現われなくなった。

その結果、桜田通りと愛宕山の間にこんな不思議な一画がとり残されたわけだった。

仕事を続けたことを正解だったと思う反面、折にふれては悔恨と迷いの入り混じる奇妙な感情に胸を揺さぶられる。

あの人と別れてしまったのは正しかったのだろうか……。

一時は欠点ばかり目について、裏切られた、やっていけないと、一途《いちず》に思いつめてしまったけれど、離れてみると、彼の優しさや男らしさが、ふっと懐《なつか》しい匂《にお》いのように甦《よみがえ》ってきては、たじろぐことさえあった。

それでいて、面と向かえば、自分もついまた意地を張ってしまう。

いいところもたくさんある人なのだけれど、お酒さえ飲まなかったら……。

濡《ぬ》れた窓ガラスを通して晩秋の冷気がしみこんでくるのを感じると、美幸は窓枠のロックを確かめてからカーテンを引いた。

居間へ戻ると、置時計が十時二十分を指そうとしていた。

今年はとうとうバラ一輪も届かなかった——

自分の尻《しり》の形にくぼんでいるソファに腰をおろして、美幸は小さく溜《た》め息《いき》をついた。

新入社員で秘書室へ配属された頃、彼女は社内のアイドル的存在だった。誕生日ともなれば、役員からバラの花束が贈られてきたり、まだ口をきいたこともない若い男性社員が、リボンのかかった箱をデスクにそっと置いていったりした。

当然ながら、社外の男性と結婚してから贈物の数はぐんと減り、離婚後また少し持ち直すかと思われたのも束《つか》の間《ま》、三十五をすぎると下降の一途を辿《たど》った。

今年は日曜に当ってしまったのがいけなかったんだわ——

美幸は自分を慰めるように思い、実際ある程度納得した。これで会社のある日なら、少くともメールくらいは入ってくるはずだ。今は総務課にいる美幸は、毎日会社でさんざんパソコンを叩《たた》かされるので、家には置いていない。

彼も休みの日はひたすら家庭サービスにつとめて、電話を掛ける暇もなかったのにちがいない。明日はすまなそうな顔で、お祝いくらいはいってくれるだろう……。

もう一度短く息をついて立ち上った。

浴室のほうへ歩きかけた時、チャイムが鳴った。

美幸は怪訝《けげん》に思いながら、小走りに玄関へ出た。ドアの内側から尋ねた。

「どちらさまでしょうか」

「電報です」と男の声が答えた。

「え？」

「お祝い電報です」

「あら」

美幸の胸がドキリと弾み、と同時に、祝電の配達はずいぶん遅くまであるものだと妙に感心した。

美幸は習慣的にドアの小さな覗き窓に目を当てた。

フードを被《かぶ》った男が視野いっぱいに立ち、俯《うつむ》いている感じは鞄《かばん》から電報を取り出しているのだろうか。

美幸がロックを外しかけていると、

「印鑑をいただきます」と、男は下を向いたまま、くぐもったような声でいった。

「はい」と美幸は答え、台所へ走った。引出しから認め印を出して、玄関へ駆け戻った。サンダルをつっかけて、掛け金とチェーンを外し、ドアを開けた。

黒っぽいウインドブレーカーのフードを被った大柄な男が、やはり俯いたまま、三和土《たたき》の中へ入ってきた。すぐ後ろ手にドアを閉めた。雨が降りこむからだろうと、咄嗟《とっさ》に美幸は思った。

狭い三和土がそれでいっぱいになったので、彼女は後退《あとずさ》りの格好で上り框《かまち》へ戻り、印鑑を差し出しながら、はじめて男の手許《てもと》を見た。が、そこには電報はなく、代りに数本の紅《あか》いバラが雨に濡れていた。

男が顔を上げるようにして、片手でフードを払った。その顔を見て、美幸はもう一度、「あら」といった。

2

「今日はほんとの秋晴れというお天気ねえ」

東京地検から桜田通りへ出た車を虎ノ門の方向へ走らせながら、霞夕子《ゆうこ》は少し眩《まぶ》しげに目を細めた。晩秋とはいえ、午後三時すぎの明るい陽光が雲一つない都心の空を光らせている。

「珍しいくらい空気が澄んでますね。昨日の雨で洗われたみたいだ」

助手席に掛けた検察事務官の桜木洋《さくらぎひろし》が相槌《あいづち》をうつ。二人は例によって事件現場へ臨場に行くところだ。現場が霞が関の地検から車で五分以内と聞いたので、夕子は参考人の取調べの間を縫って、とりあえずちょっと現場を見ておこうと思った。

「虎ノ門三丁目の信号を愛宕のほうへ曲ってすぐらしいです」

桜木は警視庁捜査一課から連絡され、副部長を通して配点された事件のメモに目を落とす。警察から地検へ事件が報《し》らされるのは、たいてい発生後一時間から三時間くらいたってのことだ。

「被害者の女性には、家族はいなかったわけ？」

「そのようです。一戸建に独り住まい。今朝は無断欠勤で、電話の応答もないので、同じ課の男女二人が昼休みに様子を見に行って発見……」

話しているうちにも、車は近くまで来て、信号を曲った。先には愛宕トンネルの短いが仄暗《ほのぐら》い空洞が口を開けている。

「ああ、この道だったのね」と、夕子はどこか懐しそうに呟《つぶや》いた。

あたりには警察や監察医務院の関係と思われる車が何台か駐《と》まり、人集《だか》りもして、事件現場のただならぬ空気を漂わせていた。

すぐ右折した道路の、商店が並んでいる先に、だいぶん汚れた薄茶のモルタル塗り二階屋が見え、その手前にロープが張られていた。

東京地検刑事部の一、二方面主任・霞夕子検事の顔は、今では担当管内のほとんどの警察署で知られている。見張りに立っていた警察官がロープを上げてくれて、二人がくぐって入ったところへ、愛宕署刑事課の箱崎警部補が建物の脇《わき》から巨《おお》きな身体《からだ》を横にして出てくるところだった。

「いやあ、検事さん、お着きですね」

四十すぎの彼は威勢のいい声で挨拶《あいさつ》し、夕子もお多福顔をちょっと頷《うなず》かせて応《こた》えた。

家は、右側が扉一枚の玄関で、ドアには黒ずんだ木枠に三、四本の横木が渡され、磨《す》りガラスが間を塞《ふさ》いでいる。

左の窓も磨りガラスが黒い木枠で六つに区画されていた。ドアと窓の間には、可愛《かわい》らしい細い樋《とい》が庇《ひさし》の下から地面まで壁を伝っている。今しがた箱崎が出てきた角から、どこか風格のある大樹が斜めに枝葉を繁《しげ》らせて、それがこの家の玄関先にあしらわれた唯一《ゆいいつ》の飾りのように見えた。

とても瀟洒《しょうしゃ》などとはいえないが、長年にわたる人の暮らしを感じさせるような家だった。

夕子と桜木は、箱崎に従《つ》いて、ごく狭い庭を通って奥へ入った。外側は板塀で囲われている。二階は日当りのよさそうな和室一間の感じで、今は雨戸が立てられていた。

「被害者は三十九歳になったばかりのバツイチの女性。寝室で倒れていたところを、様子を見に来た会社の同僚に発見されました」

歩きながら、箱崎は精力的な調子で説明する。

「家の戸締りなんかは？」と夕子。

「ええ、それなんですが、彼らが午後一時半頃訪ねて来た時、玄関はロックされてなく、玄関、居間、寝室などに電灯が点《とも》っていたそうです。それでいよいよ不審に思って、入っていったところ、突き当りの寝室で……」

三人もその寝室の前まで来た。濡れ縁のある畳敷きの和室だった。戸が開け放たれ、現場服の係員たちが立ち動いている。

部屋の中ほどに、被害者らしい女性が仰向けに横たえられていた。夕子も面識のある警視庁嘱託医や、愛宕署の刑事課長、鑑識係官らがまわりを囲んでいるが、やや茶色く染めたウエーブのある頭髪の一部と、彫りの深い白い横顔が垣間《かいま》見《み》えて、なかなかの美人ではなかったかと夕子は想像した。

庭からは、その左側に厚いマットと布団《ふとん》が重ねられているのが見えて、彼女はそこをベッドにしていたらしいと思われるが、寝具はほとんど乱れていなかった。

向かって右側、被害者の近くには、和風の文机《ふづくえ》と、その上には現代的なデザインのスタンドなどが置かれている。

「被害者は今とほぼ同じ位置に、俯《うつぶ》せか、顔はやや横を向いて倒れていました。死因は後頭部を鈍器で殴打《おうだ》されたためと考えられ――」

箱崎は緊張した現場の雰囲気を意識してか、いささか声を落とした。

「凶器もそばに落ちていました。高さ三十センチくらいのブロンズの立像で、血痕《けっこん》、頭髪などが付着してまして」

「それは、どこにあったもの？」

夕子の生来のかん高い声は、どうしてもあたりに響く。

「廊下から入ってすぐ左手の飾り棚に、それと合う台座がありましたから、たぶんそこに……」

箱崎が廊下側の引き戸とその横を指さした。

「すると、犯行は計画的なものではなかったか、それとも、あそこにブロンズ像があることを知っていた、従ってある程度親しい人間の仕業……？」

「その見方が濃厚ですね」と箱崎も同意した。

「というのが、今のところ嘱託医は、死亡推定時刻を昨十一月七日の午後十時から八日午前二時の間、つまり深夜の時間帯と見ているんですが、一方、発見者の同僚の話では、被害者の山口美幸《みゆき》さんは日頃から非常に用心深かったそうです。独り暮らしの上、このへんはオフィス街に変って、夜間人口が減少しているから……」

「めったな人には夜更《よふ》けに玄関を開けたりしなかったわけね」

「そういうことです。ほかに賊が侵入したような形跡も見当りませんし。となると、被害者は顔見知りの相手を家に入れ、その人間に襲われて寝室まで逃げたところを、後ろからブロンズで頭を殴打されたのではないか。加えて、今回のケースでは、被害者が相手の名前まで知っていたことを物語る有力な手掛りがありましてね」

箱崎がちょっと勿体《もったい》ぶるようにいい添えた時、嘱託医と話しこんでいた刑事課長の広里警部が、それを切りあげてこちらへ近付いてきた。四十代なかばの彼は、警察官の中では小柄なほうで、一見ジャーナリスト風の、少しシニカルだが知的な顔立ちをしている。夕子は幾度か事件を通して彼と付合い、実際には彼が何事にも好奇心の強い、柔軟な頭脳の持ち主であるのを知っている。

簡単な挨拶を交わすと、夕子たちは踏み板の敷かれた室内へ上った。広里が改めて死体発見当時の状況を説明し、凶器に使われたと思われる細身の女神像を示した。

それから三人は、彼の先導で隣りの居間へ移った。警察が来た時は厚いカーテンが閉まり、蛍光灯が点《つ》いていたそうだが、今はガラス戸からレースのカーテンを通して弱い陽射《ひざ》しがさしこんでいる。

使い古されたソファを挟んで、広里は夕子たちと向かいあった。三人の間のテーブルには、有田焼かと思われる色彩豊かな絵柄の花瓶にバラが挿してあった。あまり大きくもない花瓶に、五本の紅バラと三本のクリーム色のバラがいっぱいに押しこまれたという感じで、花瓶の絵柄ともうひとつそぐわない。この家の主はその種のことには大ざっぱな人だったのかと夕子は思ったが、それにしては、室内は手作りらしいクッションやちょっとした置き物などにも、女性らしいセンスが行き届いているように感じられた。

広里が白手袋をはめた手で運んできた証拠品の箱の中から、一冊のレポート用紙を取り出して二人の前に置いた。

「先ほど現場でご説明しました通り、被害者は寝室の布団と文机との間、机のほうに近い畳の上に、部屋の入口には背を向けて、ほぼ俯せ、顔だけ少し右に曲げた格好で倒れていました。顔の下にはこの書き置きがあり、右手にサインペンが握られていました」

そのサインペンらしいものも、証拠品の箱の中に入っていた。

レポート用紙は、一冊の三分の二くらいはすでに使われた厚さで、一番上の頁《ページ》にサインペンの文字が二行、横書きで記されていた。

「文机の上に置いてあったと思われるペン皿やボールペンなども、あたりの畳に散ばっていました。どうもそのへんから想像するに、被害者は後頭部を殴られて倒れた瀕死《ひんし》の状態で、必死の力をふり絞って手をのばし、机の上からレポート用紙やペン皿などを払い落とし、サインペンでこの文章を書いた。その後力つきて息絶えたのではないか、と考えられるんですが」

夕子はいつになく厳粛な気持になって、紙の上に注意深い視線を注いだ。

〈仁科《にしな》が来て
たん生日のお祝い〉

横書きの二行はこれだけだ。

「しっかりした文字ですね」

しばらくして、夕子は第一印象を口に出した。

「ただ、左側の〈仁科〉と〈たん〉が多少滲《にじ》んでいるのは……？」

「彼女はこの紙の上に顔をのせて、唇の端がちょうど二行目の最初の部分に接し、少し涎《よだれ》が垂れていました。そのために滲んだと思われるのですが、でも充分に判読できますね」

「ええ、とくに仁科の二字はやや大きめに書いてありますものね」

「そうなんですよ。とりわけ明確な楷書《かいしょ》体で書かれています。絶対にこれだけは伝えたいという故人の意志がこもっているような……」

「ほかの文字もずいぶんしっかりしてますよ」

夕子が繰返した。

「ええ、それで嘱託医にも尋ねてみたところ、解剖を待たなければ断定的にはいえないが、凶器と怪我《けが》の様子から見て、被害者は急性硬膜下血腫《けっしゅ》などを起こしている可能性が高い。そうしたケースでは、受傷直後に失神しても、しばらくして気がつき、短時間ながら清明な意識を取り戻す場合がある。起きて歩くなどは無理だが、受傷の部位によっては、多少の身動きや文字を書くことはできる、と。以前にも、事件ではないが、クモ膜下出血で同様の患者を診たことがあり、その人も短い間に精細な遺書を認《したた》め、また急に意識を失って、そのまま亡《な》くなったそうですよ」

「きっとこの被害者の方も、それに似た状態だったのかもしれませんね」

夕子は考え深く呟いた。

「これを書き始めたときには、もっと長く、詳しく書けるような気分だったのに、途中で急に死に見舞われたのかも」

「とはいえ、重大なことはまっさきに書いておかなければ、という切迫感も感じとれますね」と広里。

「だけど、犯人は彼女がすっかり息絶えたことを確かめずに逃げ去ったわけかしら」

「計画性のない、衝動的な犯行の場合には、犯人自身が自分のやってしまったことに動転し、凶器を放り出して逃げてしまうといったケースもよくあります。もっとも今回は、凶器や寝室の電灯のスイッチに指紋が一箇《こ》もなく、拭《ぬぐ》われた形跡が認められますから、何か別の理由で、犯人には被害者の生死を確認する余裕がなかったのかもしれませんが」

「しかしそのために、彼女にはダイイング・メッセージを書く時間が与えられたわけですよねえ」

現場ではめったに口を挟まない桜木が、感に堪えぬような声を発した。死に瀕した人が書き残す伝言、いわゆるダイイング・メッセージを実際に見るのは、彼には初めての経験なのかもしれなかった。

「ことに人名がしっかり記されていますから、捜査上貴重な手掛りになります」

広里はつまんだような細い鼻先を二人に向けて、自信ありげに頷いた。

「そうねえ、でも、念のために……」

夕子が例のおっとりした調子でいい出すと、途中から彼はいささか不思議そうに瞬《まばた》きした。

「一応筆跡鑑定はおやりになったほうがいいんじゃないですかしら」

3

十一月八日月曜から水曜にかけて、愛宕署刑事課の捜査員たちが何回かに分けて、山口美幸が勤めていた会社とその近辺を訪れた。会社は文具や事務機器などのメーカーで、千代田区麹町に五階建の自社ビルがあった。美幸が所属していた総務課を中心に、聞込みしたり、社外で社員と接触して情報を集めた結果——

美幸は今から八年前、三十一歳で一木《いちき》範顕《のりあき》という六歳上の男性と結婚した。一木は青山にある建設会社の営業マンで、美幸は彼と、どちらの会社もよく利用している赤坂の飲み屋で知合った。短いが熱烈な恋愛期間を経てゴールインし、練馬区小竹町《こたけちょう》の彼のマンションを新居にした。だが、三年後には離婚した。一木が金にルーズなことや、酒癖の悪さなどに美幸が耐えられなくなり、離婚は彼女のほうからいい出したことらしい、などの事情がわかってきた。

「一木さんは背が高くて、男っぽい格好のいい人で、美幸ちゃんも美人だったから、当時は社内でもけっこう評判になったんですけど——」

美幸と同期の女子社員が、ショックで声を震わせながら捜査員に打ちあけた。

「一年もたつうち、彼はすごい見栄《みえ》っ張りで、そのぶんお金使いが荒いことや、お酒を飲むと短気になって、機嫌が好《よ》い時にはどうということなくても、ちょっとしたきっかけで怒り出すとすぐ逆上して乱暴するとか、いろんな欠点が見えてきたらしいんです。それでも三年間頑張ってみたけど、先行きが不安で弁護士に相談したら、その人が間に入ってたちまち離婚を成立させてしまったとか……」

子供はいなかった。

離婚後一木とは全然交際はなかったのだろうか、との質問に対しては、彼女は複雑な面持で首を傾《かし》げた。

「お父さまが亡くなって、美幸ちゃんが独り暮らしになったあと、だからたぶん一年くらい前だったか、彼が突然訪ねて来て吃驚《びっくり》したといってたことがありましたね。酔っていたので、また乱暴されそうで怖かった。これからはもう家に上げないことにするとかって……でも、ほんとは美幸ちゃんのほうにも、ちょっぴり未練があったんじゃないかなって、私は感じてたんですけど」

「仁科」に関しても大いに収穫が得られた。

捜査員は書き置きのことなどはいっさい隠して聞込みしていたのだが、美幸《みゆき》の身近にその苗字《みょうじ》の男性が実在することがまもなく判明した。同じフロアの資材課、仁科春《はる》久《ひさ》三十六歳で、しかも彼は美幸と個人的に深い付合いをしていた模様だ。

「いえ勿論《もちろん》、仁科さんには奥さんもお子さんもいらっしゃるし、むしろすごい恐妻家という噂《うわさ》なんですけど——」

夕方三人揃《そろ》って会社を出てきた若い女子社員が、地下鉄の駅に近付いたあたりで、捜査員が呼びとめて水を向けた。一人がぽろりと洩《も》らすと、ほかの二人も口々に認めた。

「恐妻家でいながら、いつも誰かと付合っていたいみたいな、女好きっていうのかしら」

「去年から資材課に移ってこられて、山口さんとは席も近くなったし……」

「彼はなんていうか、軽い人なので、素振りでなんとなくわかっちゃうんですよね……」

およその情報が出揃った段階で、十一月十日水曜の夕方、退社後の仁科春久に愛宕署まで任意同行を求めた。最初は近くで話を聞いてもよかったのだが、かえって目立つだろうという配慮もあった。

署では、箱崎警部補とさらにベテランの巡査部長が聴取に当った。

ほとんどが屈強な体格の警察官たちと対座すると、仁科春久のひょろりとした瘦身《そうしん》がひときわ目立つ。細面で目も細く、その上に洒落《しやれ》たメタルフレームをかけている。茶のスーツにレモン色のシャツがよく似合い、なるほど軽い感じながら、それなりに都会的なプレーボーイの雰囲気を身につけていた。

彼は落着かない様子で何度も椅子《いす》に掛け直してから、

「美幸さんのことは、ほんとに痛ましくて、なんともことばがありません」

聴取が始まる前に、自分のほうから深々と頭をさげた。

「個人的にもかなり親密に付合っておられたようですね」

箱崎は最初から決めつける態度だ。

「美幸さんの自宅へ行かれたこともありましたか」

「それはまあ、便利な場所でしたから、飲み会の帰りなんかにみんなで寄らせてもらったり……」

「一人で訪問されたことも？」

「まあ、何かで送って行ったかもしれませんが、そんな深い意味があったわけじゃなくて……」

仁科はそれが癖なのか、喋《しゃべ》るたびに眼鏡を押しあげ、鼻の下をこする。

「仁科さんのご家族は、奥さんと、小さい娘さんもおられるそうですね」

巡査部長が助け船を出すようにいうと、仁科もホッとした顔で何度も頷《うなず》いた。

「そうなんです。女房は七つ下で、娘は今年幼稚園に入ったばかりなんですが……とにかくぼくにも家族がありますから」

大井町のマンションで三人暮らしだという。

彼は若い妻に頭が上らず、それがまた日頃の言動に現れて恐妻家のレッテルを貼《は》られたものだろう。だが、そういう男に限って、社内不倫に走りたがる傾向もあるのだ。

内心で考えながら、箱崎は急になんでもない口調で訊《き》いた。

「ところで十一月七日の日曜は、美幸さんの家へ行かれませんでしたか」

「いえいえ」と、仁科は細い顎《あご》を小刻みに横に振った。

「あの日は、ぼくの学生時代の友人の結婚式がありまして……いや、二度目のなんですが。だから正式の披露宴などはなくて、友人たちが集まってお祝いのパーティを開いてやろうということになり、六時から市ヶ谷のホテルへ行ってました」

「そこには何時頃まで？」

「一応十時にはお開きになったのですが……」

「それからまたどこかへ？」

「二次会へ行った連中もいましたけど、ぼくはしばらく友人と喋ったりして、十時半頃ホテルを出て、地下鉄とJRで家に……十一時十五分頃帰宅したと思います」

「帰りはお一人だったんですか」と巡査部長がメモを取りながら訊く。

「ええ、同じ方向の人もいませんでしたから」

「家には奥さんとお子さんがおられた？」

「そうですよ」

それでは帰宅時刻などの証人は家族しかいないわけで、完全なアリバイとは認められないだろう。

箱崎がちょっと別のことを考えていた視線を仁科へ戻した。

「その会には、どんな服装で行かれましたか」

「服装？……いや、そんなにフォーマルなパーティじゃなかったから……ああ、あの日は時雨《しぐれ》模様で急に冷えこんだんですよね。それで今年はじめて、チョコレート色の厚手のツイードのジャケットと、ズボンはどれだったか……」

「その同じジャケットを着て、以前にも美幸さんの家へ行かれたことがありましたか」

「いえ、それはこの秋につくった服ですから」

「なるほど」と、箱崎は満足そうに頷き、仁科はわけのわからない表情でまた鼻の下をこすった。

一方、愛宕署では警視庁科学捜査研究所へ、山口美幸の死体のそばにあったサインペンの文書の筆跡鑑定を依頼していた。刑事課長の広里警部が、夕子の意見も容《い》れてのことだった。

また二日後の十二日金曜朝、その結果が出て、愛宕署の捜査員が鑑定書を受け取ってきた——。

4

「それはそうと、どうして筆跡鑑定なんて思いつかれたんですか」

桜木洋《ひろし》があれから一度訊いてみようと考えていたとでもいう顔で夕子を見た。東京地検地下一階の食堂でカレーうどんを食べていた時である。検事と検察事務官は夫婦に譬《たと》えられるほど、勤務中はほとんど行動を共にし、昼食もたいていいっしょだった。

現在の地検庁舎は新築後まだ五年なので、地下食堂も明るくてきれいだ。警視庁や裁判所や、ほかの近隣官庁からも客が来るので、昼休みはいつも繁盛《はんじょう》している。

「どう見ても被害者が書いたものと考えて自然な状況だったし、使われたサインペンにも本人の指紋が付いていたそうですね。それに――」

混みあった周囲の耳を気にするように、桜木は逆三角形の顔をうどんの丼《どんぶり》の上に伏せ、黒縁眼鏡のレンズを湯気で曇らせながら囁《ささや》いた。

「死にかけた人が最後の力をふり絞って書いた文字などは、同じ本人にしても日頃の筆跡とはちがうでしょうに」

夕子はすぐには答えず、お多福顔のぽってりした口許《くちもと》を紙ナプキンで拭った。

「ずっと以前の事件だけど、義父に刃物を突きつけた犯人が、財産問題で自分に有利な遺言を書けば命は助けてやると脅したの。義父がいう通りに書いた直後、犯人は彼を刺し殺したのだけれど、被害者のほうでも咄嗟《とっさ》に一計を案じ、わざと日頃の自分とちがう文字を書いておいたのね。その遺言が筆跡鑑定されて、不自然だと見られ、犯人逮捕に繋《つな》がったことがあったわ」

「ああ……脅迫されて書くダイイング・メッセージというものもあるわけなんですね

え」

部屋へ戻ると、待っていたように広里警部から電話が掛ってきた。科捜研の鑑定結果が届いた報告と、有力容疑者の逮捕状請求について相談したいといった内容だった。今度の事件には捜査本部は設置されず、署が独自で捜査しているので、刑事課長は外出しにくいにちがいない。

「こちらからちょっと伺いますわ」と夕子は答えた。たまたま、参考人の急病で取調べが延期になり、二時間ほど空きができていたのだ。

「私も筆跡鑑定に関わる事件を扱った経験が今まであまりなかったものですから、今度のことではいろいろ参考になりました」

署内の静かな部屋で、広里はかなり分厚い鑑定書を前にして口を開いた。箱崎警部補も同席している。夕子にしてもとくに詳しいわけではないので、興味深く耳を傾けた。

「といっても、筆跡鑑定の手法はまだ科学的に確立されたものではなく、今後の研究に俟《ま》つところも多いようですが。現在の段階では、警察の鑑識係官や、時には書家など、充分な知識と経験のある複数の人が、鑑定すべき文字と、それと比較対照すべき文字資料とを識別するという従来の方法と、もう一つは、固有の筆跡個性をいろんな形で数値化して、統計的処理を行う方法が開発されつつあるんですが、これもまだ絶対的なものではないので、要するに二つの方法を総合して結論を出しているのだそうです」

「比較対照のための文字資料、つまり今回は被害者の山口美幸さんが生前に書かれた文字は、必要なだけ入手できたのですか」と夕子が訊く。

「ええ、それは幸い、会社の書類とか、家の中にもメモ類が多数残されていましたから。当然ながら、対照資料が多いほど、鑑定はやりやすい。また、単純な字種より複雑な字種、従ってカタカナよりひらがな、さらに漢字のほうが識別しやすいのだそうです。その点、今回現場に残されていた文書の中に、〈仁科、来、生日、祝〉という漢字が含まれていました、ただし仁科の二字は滲《にじ》んでいたので、ちょっと脇《わき》へ措《お》くとしても、ほか四つは日頃頻用される漢字で、会社や自宅の資料の中にも同じ文字が多数見出《みいだ》されたし、勿論ひらがなも識別に有効であったと報告されています」

「で、結論は……？」

喋り方に似合わず心底はせっかちな夕子が、やんわりと促した。

「結論はですね、三人の鑑定人がいずれも、現場に残されていた筆跡は、被害者本人の筆跡と同一であると認めるに充分、という報告を出されています」

広里はわが意を得たように強く答え、また鑑定書へ目を落とした。

「ご参考までにいえば、筆跡鑑定の場合、通常、字の形、大きさ、運筆の勢いや筆圧等々が比較されるわけなんですが、今回は被害者が重傷を負って倒れていたという特殊な条件があるので、主に字の形の比較に重点を置いたそうです。漢字なら、偏、つくり、冠などの形、偏とつくりや縦横の長さのバランスとか、斜線の長さ、傾き、はね方、など。ひらがなであれば、例えば〈が〉の一画目のカーブ、三画目の長さ、点の打ち方、〈た〉の二画目の傾き、〈ん〉のはね方などに注目している。対照資料の中に同じ文字が多数あったことが大いに助けになったと。とくに〈祝〉は、偏の二画目の傾きが急なため、それに押されるように四画目が逆に平らになる特徴は、対照資料の同じ文字にも顕著に認められた。加えて、非常事態の中でも比較的漢字が多用されていることも、日頃の本人の傾向と合致している……こういう習慣的な傾向まで考慮に入れるわけですすねえ」

感心したようにいう。好奇心の強い広里は、筆跡鑑定にすっかり興味をひかれた様子だ。

「でも、字の形を重視したのなら、〈仁科〉の文字も滲んでいたとはいえ、容易に判読できたのですから、鑑定の対象にもなったのではないでしょうか」

遠慮がちに質問した桜木に、広里は「ええ」と頷き、再び鑑定書を読みあげるようにした。

「〈仁科〉はほかの文字よりやや大きな楷書《かいしょ》体で記されており、これはとくに強調したいという書き手の意志がこもっていたとも解釈できる。人偏の第一画、ノ木偏の第一画、第四画の傾きが急である特徴は、同文書の中の〈生〉や〈祝〉の斜線とも共通している。〈たん〉も対照資料と酷似している。従って、滲んだことによって、それらの文字が本人の筆跡ではないと断定するには至らない、と。つまりは全体に被害者の筆跡であると認める結論ではないですかね」

広里はちょっと息をつき、改めて意見を求めるように夕子を見た。

「そうでしょうね」

夕子も同意した。

「で、電話でおっしゃっていた有力容疑者というのは……？」

「一昨日の水曜、美幸さんと同じ会社の仁科春久という男性をここへ呼んだのですが

――」

あとの話は箱崎に任せる感じで彼を顧みた。

「ぼくが直接事情聴取に当りました」

箱崎が勢いこんだ早口で始めた。

「当人は日頃美幸《みゆき》さんと親密に付合っていたことはおよそ認めたのですが、あの日は彼女の家には行かなかったと否定しました。しかし、彼女は〈仁科《にしな》が来て〉と明記しているんですからね。そこで彼の指紋と頭髪、それに当夜彼が着用していたというツイードのジャケットの任意提出を求めました。昨日それらをまた科捜研に届け、現場の寝室内とその付近で採取された指紋、毛髪、繊維などとの照合を依頼した結果、いずれも一致するものが見つかりました。頭髪と、ジャケットと同じ繊維が、寝室の前の廊下に落ちており、寝室の引き戸の把手《とって》に彼の人差指と中指の指紋が付着していたんです。まあ、頭髪は以前来た時に落ちたということもありうるかもしれませんが、把手の指紋は古いものなら消えているはずですし、ジャケットも今年秋に新調して、あの日の冷え込みではじめて着用したと、本人が自分からのべていたのですから、つまり当夜それを着て美幸さんを訪れた動かぬ証拠となったわけです」

「玄関のドアにも、仁科という人の指紋が付いていたのですか」

「いや、玄関のドアノブはきれいに拭《ぬぐ》われていて、指紋は検出できませんでした。

――ともかくそれで今日の昼前、仁科を再度署へ呼んで追及しました」

するとの案の定、仁科春久はたちまちうろたえて、以前の話を撤回したという。彼の新しい供述は――

「申し訳ありません、美幸さんとの関係を女房に知られると大変なことになるもんですから、この間は隠していたのですが、実は日曜の晩遅く、タクシーで彼女の家へ行ったのです。あの日が彼女の誕生日だということは朝からわかっていました。とはいえ、休日のぼくの行動には女房がとりわけ目を光らせているので、どうしたものかとずっと迷っていたんです。でも友人の結婚パーティのあと、やっぱりちょっと寄ってやろうと思い立って……ホテルの中の花屋はもう閉まっていたんですが、会場に飾ってあった花を帰りがけみんなに配っていたので、クリーム色のバラを三本もらって……」

ホテルのそばでタクシーに乗ったのが十時四十分頃で、十一時すぎに虎ノ門三丁目付近の交差点で降りた。

「彼女の家は二階に灯りが点《とも》っていましたが、チャイムを鳴らしても返事がありません。ノブを回すとドアが開きました。彼女は日頃用心深く戸締まりしていると聞いていましたから、ちょっと意外でしたが、玄関に入って声を掛けてみました。居間のほうにも電灯はついているようなのですが、やはり返事がないので、お風呂《ふろ》に入っているのかと思い、仁科ですが、と声をかけながら、廊下を上って行きました……」

居間には誰もいなかった。台所や浴室もひっそりしている。二階にも人気はなさそうだった。

「あとは寝室しかないので、戸を開けて覗《のぞ》いてみましたが、中は真暗で、彼女がいる様子もありません。それでは何か近所に急用でも発生したのかもしれないと考え、せっかく来たのだから、しばらく居間で待ってみました。でも三十分たっても戻ってきません。ぼくもあんまり遅くなるとまた女房に疑われるので、引きあげることにしました。テーブルの上の花瓶に紅《あか》いバラが挿してあったので、持ってきたバラをそこに挿しこんで、家を出ました。十一時四十分頃になっていたと思います。

桜田通りでタクシーを拾い、大井町の自宅へ帰ったのは、十二時十分頃でした。家へ着いてから美幸さんに電話してみるつもりだったのですが、女房にさんざん文句をいわれてそんなチャンスもなく、まさか彼女があんなことになっていたなんて、翌日の午後会社で聞くまで、夢にも想像しませんでした」――。

「仁科の供述は一応以上のようなものなんです」

箱崎は口許にかすかな冷笑を浮かべた。

「今度こそ本当の話で、自分は絶対に美幸さんを殺してはいない。寝室の引き戸の把手に指紋が付いていたり、廊下にジャケットの繊維が落ちていたのは、寝室の戸を開けて様子を見た時のものだと思うが、自分は一歩も室内へ入っていないと主張するわけです。そこで、美幸さんがあんたが来たと書き残していたよと言ってやったら、とびあがって、どうしてわかったんだろうと、呆然《ぼうぜん》としていましたが……」

彼は笑いを消して、広里と夕子を見較《みくら》べた。

「その文書の筆跡も美幸さんのものと認められたわけですから、すでに逮捕状請求の条件は整っているのではないでしょうか」

「彼女は、仁科が来て、と記しただけで、襲われたということまでは書いてないわけだが……」

広里が腕を組む。

「それは、一時的に意識を取り戻した時、彼女は自分の身に起きたことが正確にわからなかったのではないですか。ただ、仁科が来たことを思い出し、本能的にその事実を書き残しておくべきだという思いに駆られたんじゃないか……」

「彼の犯行とした場合、動機は？」と夕子が尋ねた。

「仁科は大の恐妻家で、つまりそれだけ家庭を大事にしていたわけでしょう。美幸さんとはただの遊びだった。ところが美幸さんは、彼の愛情を独占しようとした。あの日も彼は、美幸さんの誕生日を忘れたりしたらあとが厄介なので、お祝いのバラを届けた。でもその後は口論になり、衝動的に犯行に走ったんですよ」

「二人の関係が、軽い遊びではなく、本当にそこまで深刻になっていたのか、もう少し動機を固める必要があるね」

広里は必ずしも逮捕を急いではいない口吻《くちぶり》だ。

「ほかに容疑者は浮かんでいないのですか」と夕子がまた訊《き》いた。

「美幸さんが五年前に離婚した夫、一木《いちき》範顕《のりあき》には、一応事情を聴き、身辺の内偵も行いました」

広里が答えた。

一木は現在も結婚当時と同じ建設会社の営業部に勤務し、練馬区小竹町の自分のマンションで独り暮らししていた。彼がよく出入りしている飲み屋や、住居の近くで彼が所属しているテニスクラブなどで捜査員が聞き集めた情報によれば、相変らず一木は金使いが派手で、そのためにマンションや車のローン、カードの支払いなどにのべつ追われている様子だった。

一方、美幸の会社の同僚の話では、一木は一年ほど前、突然彼女の家を訪ねてきた。

酔った勢いで強引に復縁を迫った。これからはもう家に入れないようにすると、美幸がいっていた、ということである。

「事件当夜、一木は自宅にいたというだけで、アリバイもはっきりしません。ですから、容疑がすっかり消去されたわけではないのですが、ただ、美幸さんがそこまで彼を警戒していたとすれば、夜更《よふ》けに家の中で彼女を殺害することはかなり難しかったでしょう。まあ、絶対とはいえないまでも」

「やはり被害者本人の書き置きは有力な証拠ですからね。それと、一木は仁科より二回りくらい大柄で、線の太い感じの輪郭も、まったく仁科とは似ていません」

箱崎が念のためという感じで強調した。

「ですから、たとえば美幸さんが人ちがいして、誤った名前を書いたなんてことも、まず考えられないんです」

夕子はふくよかな頰に短い指を添え、ちょっと首を傾《かし》げて空間に目を注いでいた。思考に集中している時の顔は、奇妙に稚《おさ》なげで、また不思議に幸せそうにも見えた。

それから、持ち前のひどく悠長なトーンで呟《つぶや》いた。

「人ちがいではなくて、誤った名前が書かれるという場合は、ほかにないかしら……」

5

「ちょっとだけ寄り道して行きましょうか」

　愛宕署をあとにした車が、桜田通りを霞が関へ向かい、虎ノ門三丁目あたりを走っていた時、夕子が急に速度を落とした。

　銀行の手前で路上駐車して外に出た。

　銀行の角を曲ると、道路の先には愛宕トンネルが短い洞を開け、向こう側にはまた明るい昼下りの光があふれている。事件の日のあとはほとんど毎日、穏やかな晴天に恵まれていた。

　銀行の裏を入ったところに、美幸の家があり、今は地方勤務の弟が戻ってきているという話だったので、そこへ寄っていくのかと桜木は思ったが、夕子はまっすぐトンネルに向かって歩を進めていく。

「谷中《やなか》の小学校の五年生くらいの時に、社会科の先生の引率でこの愛宕山の上にある放送博物館を見学しに来たことがあるの。この間久しぶりにトンネルを見たらとても懐《なつか》しかったのよ。ちっとも変ってないんですもの」

そのトンネルは高さ二十数メートルの愛宕山を貫通するもので、上には葉が黄ばみ始めた木々が茂り、入口の横から急な石段がついている。

ジグザグの石段をのぼりきった上には、右手に放送博物館の白い建物と、左手には愛宕神社の古い鳥居が立っていた。

「大正の末頃、ここにNHKの東京中央放送局が造られて、本格的なラジオ放送が始まったのね。そのあとに博物館ができて私が見学に来た頃は、まだまわりの眺望が素晴らしかったの。東京湾や房総半島のへんまで見えたことを憶《おぼ》えてるわ」

「検事が小学五年なら、三十二、三年も前ですか」

「あなたが生まれる前の話よ」

こんもりとした山が今は高層ビルにとり巻かれ、おまけにあちこちで工事中のクレーンが突き立っている。それでも古木に囲まれた山頂には、どことなくのどかな晩秋の温《ぬく》もりがひっそりと留まっているかのようだった。

営業しているのかどうかわからないほど静かな茶店の、人気のない床几《しょうぎ》の一つに、二人は並んで腰をおろした。

夕子が遠い日の思い出に浸っている間、しばらく待っていた感じの桜木が、腕時計をチラと見てから口を開いた。

「さっき、人ちがいではなく、誤った名前が記される場合、といわれましたよね。ぼくはずっと考えていたんですが、たとえば被害者が真犯人を庇《かば》おうとして、別の人名を書いて死ぬ、というケースはないとはいえませんね。もっとも、今回の事件にはあまり当てはまりそうにもないですが」

「これは実際に起きた事件ではなく、小説で読んだ話なんだけど、死者が嘘《うそ》をつく、いえ、つかされるというケースもあるのね」

「……？」

「刺殺された女性が、最後の力をふり絞って、自分の血で床に人名を書いた。珍しい苗字《みょうじ》だったから、すぐに一人の男性が特定されたんだけど、結局その人はシロだった」

「死者が嘘をついたわけですか」

「いいえ、実はその血文字は、被害者の死後、真犯人が彼女の指を使って書いたものだったの」

「ははあ、なるほどそれなら、死者が嘘をつかされたことになりますね。しかし今回はもっときちんとした文書だし、筆跡鑑定まで行われたんですからねえ」

「とはいえ、筆跡鑑定の手法は絶対的に確立されたものではないと、広里警部からも聞いたでしょ。裁判の判例を見ても、筆跡鑑定だけを唯一《ゆいいつ》の証拠として有罪判決を下した例はきわめて稀《まれ》でね、一般的には補足的な証拠に留めておくという考え方が強いのよ」

「さっきはそれで、仁科の逮捕はまだ早いといわれたんですね」

愛宕署で意見を聞かれた夕子は、そう答えた。

「矛盾もあるしね」

「………？」

「仁科という人が犯人だとしたら、彼と美幸さんは寝室で口論になり、彼は手近にあったブロンズ像で彼女の後頭部を殴った。その後、彼はなぜ被害者の生死を確かめなかったのかしら。逃げたあとで彼女が救助されれば、たちまち自分の犯行が露顕してしまうのに」

「それは、最初に広里警部がいっていたように、犯人が動転して、無我夢中で逃げ出してしまったんじゃないですか」

「凶器の指紋はきれいにハンカチで拭《ぬぐ》ったのに？」

「うーん……」

「まあでも、そういう矛盾した行動もありえたと認めてもいいわ。クリーム色のバラを居間の花瓶に活《い》けたままで帰ってしまったこともね。だけど、寝室の引き戸の把手《とって》に指紋を残したことだけは、どうしてもおかしいと思わない？　玄関のドアのノブはまたきれいに拭《ふ》かれていたんですもの」

「でもそれなら、美幸《みゆき》さんのダイイング・メッセージはどう説明するんですか」

「その問題はちょっと後回しにして。——仮りに、仁科《にしな》さんが犯人ではなかったとしたら、犯行は彼が来る以前に行われていたのか、それとも彼が帰ったあとだったか……？」

「それは以前でしょうね。仁科が来る前に犯行は終っていた。でなければ、玄関のロックが外れたまま、美幸さんの姿が見えなかったことの理由が見当りませんからね」

「犯人もすでに逃げ去っていたと思う？」

「さあ……」

「そんなわけないわね。仁科さんが寝室の引き戸を開けた時、中は真暗だったというんですもの。真暗だったら美幸さんは何も書けなかったでしょうし、書いたあとで彼女が電灯を消したはずもないし」

「ああ、それじゃあ……」

桜木は少しドキリとしたように瞬《まばた》きした。

「仁科が来て、家に上った時、犯人は犯行を終えたあと、まだ家の中に留まっていたということですか」

「それしか考えられないんじゃない？　寝室が真暗だったことに加え、すでに犯人が逃走してしまっていたのなら、玄関のドアノブに仁科さんの指紋が残ったはずですもの」

「仁科は十一時すぎに美幸さんの家に着いたといってましたね」

「一階に灯りがついていて、玄関もロックされてなかったので、仁科ですが、と声をかけながら上っていった。きっと勝手を知りつくした家だったのね。美幸さんが見えないので、寝室まで行って、引き戸を開けて中を覗《のぞ》いた。その時、真暗な室内では、頭を殴られた美幸さんが倒れ、犯人が息をひそめて隠れていた……」

「……………」

「彼は居間で三十分ほど待ってみたが、美幸さんが戻ってこないので、バラを花瓶に挿しこんで立ち去った」

「それから？」

「私の想像では、仁科さんが帰ってしまったとわかると、犯人はまた電灯をつけた。

勿論《もちろん》犯行時にはついていたんですから。ところが、周囲が明るくなったことが刺激になって、美幸さんがふと目を開けたとしたら……」

「……………」

「犯人が見守る中、美幸さんは必死で文机《ふづくえ》まで這《は》って行き、レポート用紙とサインペンを引きおろすと、何か書き始めた。二行書いて、急に力つきて動かなくなった。犯人はそっと歩み寄って、彼女がもう呼吸をしていないことを確かめる。書き残された文章も読んだ。としたら——そのあとで犯人がやることは、たった一つしか考えられないのではないかしら」

「たった一つ？」

今度は夕子が黙って桜木を見返している。

「今の話は、犯人が美幸さんの以前の夫の一木と想定してのことですか」

「現在ほかに容疑者は全然浮かんでいないようだし……そうよ、犯人を一木と限ってのことなの」

「でも、美幸さんは用心深くて、一木を家に入れなかったというじゃないですか」

「どうやって入りこんだのかは、いずれはっきりするでしょうけど」

「だけど……今の検事のお話は、単なる想像の域を出ないような気がするんですけどねえ」

人前でなければ、桜木は遠慮のない物言いをする。

「勿論、仁科さんが任意の自白をすれば、私もべつだん異議を挟むつもりはないわ。でも、彼があくまで否認した場合、彼の犯行と断定するにはいくつか矛盾があるとさっきいったでしょ。では、彼が犯人ではなかったら、と仮定してみる。その場合には、犯人が美幸さんを襲ったあと、偶然仁科さんが訪ねてきた。彼が帰ったあと、何らかの偶然で美幸さんは仁科さんの名前をひときわ大きく書き残し、その文字がまた偶然唾液《だえき》で滲《にじ》んだ。そんなにいくつもの偶然が重なるものかしら」

「偶然ではなかったとしたら？」

「どこかに必然があったことになるわね。だから私の想像は、必然から生み出されたものなのよ」

6

事件からちょうど一週間後の十一月十四日日曜の朝、美幸の家の並びに住む中学二年生安川あゆみが、母親の多喜子に付添われて愛宕署を訪れた。あゆみは丸い鼻と血色のいい頬が可愛《かわい》らしい少女だ。

応対した箱崎警部補に、多喜子がまずここへ来た理由を説明した。

「この子はふだん、三田にある塾まで通ってるんですけど、先週日曜は塾の特別授業があるから遅くなるとかいって家を出まして、夜の十時半頃帰ってきたんです。あくる日はあの騒ぎでしょ。その後なんか時々考えこんでいたり、昨夜は友だちから電話が掛ってきて、長いことひそひそ話をしてたと思ったら、今朝になって、とんでもないことをいい出すもんですから……」

「それは、どういうこと？」

箱崎が日頃より何倍も優しい顔つきであゆみを覗きこんだ。

「塾の特別授業は、夕方五時に終ったんです」

あゆみは悪びれるふうもなく、むしろ物珍しげに箱崎を見返しながら答えた。

「そのあと、一コ上の川上君という友だちとよこはまコスモワールドへ行って……入場だけなら無料なんだって彼がいったから……十時ちょいすぎくらいに、彼が家まで送ってくれました。それからまた少し立ち話してたんですけど……」

「あなたの家の前で？」

「いえ、家の向かい側の、銀行の裏……コンクリの壁の窪《くぼ》みが屋根みたいになってるとこで……」

「ああ、あの晩は十時頃から雨が降り出したからねえ」

「そのうち、山口さんの家の前で電報の声がして……」

「電報？」

「お祝い電報です、といったみたいでした」

箱崎は目をむいた。

「男の声で？」

「そうです」

「その男性の姿は見ましたか」

「後ろ姿だけ」

「服装なんかも憶《おぼ》えている？」

「黒っぽいウインドブレーカーを着て、フードを被《かぶ》ってました。すごく背が高く見えたけど、フードのせいだったのかもしれません」

美幸の返事は聞こえなかったが、ドアが開いた様子だった。そのあとのことはわからない。あゆみたちは帰りがけに男に見られるのがいやだったので、少し離れた窪みへ移動し、それからまもなく別れて、十時半の少し前？、あゆみは家へ入ったという。

「すると、その電報が届いたのは、十時二十分から二十五分の間くらいだそうです」と、母親が横から答えた。箱崎は直接あゆみに念を押したが、まちがいないようだ。

「最初のうちは黙ってるつもりでいたらしいんですけどね、家が事件の現場と近いもんだから、学校や塾でもいろいろ聞かれたりして、だんだん、あれは事件と関係があったんじゃないかと思い始めたみたいなんですねえ。それで今朝になって、私に打ちあけたんですよ」とまた多喜子が話す。

あゆみが急に少しはにかむように首をひねっていい添えた。

「川上君が、もしかしたら犯人が電報配達に化けてたんじゃないか、なんて……」

この地域の祝電を取扱う電報局と郵便局へ直ちに問合せがなされたが、該当する配達記録はなかった。祝電や弔電などの配達は午前八時から午後七時が原則とされているのだ。

美幸の家の中からも電報は見つかっていない。

捜査員が念のため「川上君」にも会って確認した。あゆみの話以上のことは聞かれなかったが、彼が冗談半分にいったらしいことがしだいに現実味を帯びてきた。

もし、当夜偽《にせ》の電報配達員が美幸を騙《だま》して家に押し入ったのだとすれば、犯人は、彼女の誕生日を知っていて、しかもそのような擬装をしなければドアを開けてもらえなかった男――に限定されてくる。

月曜の朝、広里警部が地検に電話を掛けてきた。

話を聞いた夕子は、思わず軽くデスクを叩《たた》いた。

「なるほど、犯人はそういう手を使ったわけですね。私はもしかして、紅《あか》いバラで女心をたぶらかしたのかと考えていたんですけど」

「仁科なら、そんな必要はなかったはずなんですがねえ」

「やはりもう一度、筆跡鑑定をやり直してもらう必要がありますわね。とくに、唾液で滲んでいた文字に限って」

その結果は二日後に伝えられた。

〈先の鑑定書でも述べた通り、滲んでいた四文字の中にも、対照資料と酷似した部分があり、被害者本人の筆跡ではないと断定するには至らない、との結論に達したものである。〉

しかしながら、〈仁科〉がほかよりやや大きいことも考慮に入れると、その二文字

については、他人が模倣または改竄《かいざん》した偽造筆跡である可能性もまったく否定することはできない〉

同じ日に一木範顕が愛宕署へ任意同行を求められた。

長身で骨太な体格、濃い眉《まゆ》と高い鼻梁《びりょう》の下に鋭い眼が切れこんでいる西欧風の容貌《ようぼう》は、美幸《みゆき》の会社の女子社員がいっていた通り、男っぽくて格好のいい印象である。

が、取調べを受けた彼は、意外に素直に犯行を認めた。

「身から出た錆《さび》とはいえ、美幸と別れてからは、それを後悔し続けていました。なんとかして彼女ともう一度やり直したい。彼女といっしょなら自分も人生の軌道修正ができるんじゃないかという思いが強くなり、最近では酒も慎んでいたんです。あの日は彼女の三十代最後の誕生日だったので、こんな機会なら彼女もぼくの話を静かに聞いてくれるかもしれないと考えました。昼間は友だちでも来てると二人になれないので、夜になって自分の車で出掛けました。

六本木の花屋で買った紅バラを持って、美幸の家へ近付くにつれ、花くらいでは入れてもらえないんじゃないかと、自信がなくなりました。チャイムを鳴らし、美幸の声を聞いたとたん、咄嗟《とっさ》に『電報です』といってしまったのです。彼女がチェーンを外した直後、心ならずも押し入るような形になってしまいました。

それで最初から彼女の気分を害したことが失敗でした。彼女は渋々のようにぼくを居間へ通し、バラを手近な花瓶に活《い》けましたが、警戒的な態度を崩しません。ぼくが今までの生活態度を反省して謝罪し、新しく出直そうと誠意を尽くして話しても、固い表情で心を開いてくれません。ぼくの借金の清算を一時的に彼女に頼んだことも誤解を招いたのかもしれない。ついには話の途中で席を立ち、もう帰ってほしいといいすてるなり、寝室へ逃げこんでしまった。ぼくは彼女が閉めかけた戸に足を掛けて無理に開けて入り、電灯をつけた。彼女はパニックになり、ぼくはぼくで彼女をなだめようとして思わず声が大きくなって、言い争いになり、気がつくと、ブロンズ像を手にして、彼女は畳に倒れていました。その直後に玄関のチャイムが鳴ったのです……」

「美幸ちゃーん、仁科《にしな》ですが——」という男の声が聞こえ、廊下を上ってくる様子だった。足音が寝室まで近付いてきたので、一木はあわてて電灯を消し、また足で引き戸を閉めた。

「美幸ちゃーん」と、男はなおも呼びかけながら戸を開けたが、室内が真暗で静かだったため、また戸を閉めて引き返していった。

だが、男はそのまま帰ろうとはせず、居間で腰を据えてしまったらしい。一木は寝室に潜んでいるほかなかった。

三十分ほどすると、男はようやく諦《あきら》めたらしく、玄関のドアが閉まる音がした。

一木は再び寝室のライトをつけた。激しい悔恨に苛《さいな》まれ、倒れている美幸のそばへ寄った。

「その時、急に彼女が動き出したのです。けんめいに這うようにして文机へにじり寄り、手をのばして机の上を探っている。ペン皿やレポート用紙が畳に落ちると、紙を引き寄せ、片手でサインペンのキャップを外した……」

一木の見守る前で、彼女は必死に頭をもたげ、気力をふり絞るようにして、紙に文字を書きつけた。

〈一木が来て
たん生日のお祝い〉

そこでふいに彼女は頭を畳につけて動かなくなった。一木は彼女の顔へ自分の顔を近付けてみたが、すでに呼吸は感じられなかった。

「ぼくはしばらく呆然《ぼうぜん》としていました。ふとさっき仁科と名乗る男が訪ねてきたことを思い出しました。美幸ちゃんなどと、狎《な》れ狎れしい呼び方をして、勝手に上りこんできた。寝室まで覗《のぞ》いていった様子からも、深い仲だったにちがいないと思うと、無性に腹が立ってきた。それから、またふと気がついて……」

一木は美幸の手の中にあるサインペンを抜き取ると、〈一木〉が〈仁科〉になるように何画か書き足した。人偏や丿木偏の斜線の傾きなど、美幸の筆跡はある程度知っていたし、目の前に手本があるようなものだから、なるべく似せて書いた。それでも不自然さが気になったので、ハンカチに水を含ませてきて、改竄した文字と、そばのひらがなも滲ませた。

ティッシュペーパーでサインペンの指紋を拭《ぬぐ》い、再び美幸の手に握らせた。

凶器となったブロンズ像、電灯のスイッチもよく拭《ふ》いたが、引き戸の把手《とって》は触った憶《おぼ》えがなく、仁科の指紋が残っていれば好都合なので、そのままにした。

玄関のドアノブには自分の指紋も付いているはずなので、念入りに拭って、家をあとにした。

「今になっても、ぼくは美幸ともう一度話しあい、心触れあって、やり直すチャンスがあったような気がしてならないんです。ちょっとしたきっかけで、意地や猜疑《さいぎ》心《しん》ばかりが誘発され、何もかもが悪いほうに転がって、こんな結果になってしまった。やっぱり最初にぼくが、電報などといって彼女を騙したことが失敗だったのではないでしょうか」――。

「まったくその通りですよ。電報です、といった声を近所の少女に聞かれたことで、いっぺんに容疑が彼に集中したんですからね」

箱崎警部補が犯人逮捕のいきさつを報告して帰ったあと、桜木が最初に感想を口に出した。

「筆跡鑑定のむずかしさも、理解できる気がしますね。今度の場合、仁科の文字の中には、本当に美幸さんが書いた部分も含まれていた。いわば合成文字だったわけですからねえ」

「彼女もさすがにフルネームまで書く気力はなかったんでしょうね」

「一木の下の名前は何といいました？」

「確か、範顕《のりあき》じゃなかったかしら」

「ああ、それはちょっとねえ……」

今日も空気の澄んだ秋の一日が暮れかけて、検事室の窓の向こうに見える旧法務省の赤レンガがまだ暖かそうな鈍い光をたたえている。新しい高層ビルの建ち並ぶ霞が関の官庁街で、そこだけが明治の面影を保存しているのだ。

どこかしら昔懐《なつか》しい気分にさせられた美幸の家と、愛宕の町の一画が、夕子の瞼《まぶた》に浮かんだ。それから、居間の花瓶に窮屈そうに活けられていた紅とクリーム色のバラ——倒れたままで、いっとき意識を取り戻した美幸は、何を思い出していたのだろう？

一木が来て、誕生日のお祝い電報といって騙された、と書こうとしたのか、それとも、お祝いのバラを届けてくれた、と記すつもりだったのか……。

「それにしても……」

霞夕子は遠くを見ているような声で呟《つぶや》いた。

「美幸さんは三十九歳の誕生日に、二人の男性からバラを贈られたわけなのねえ。しかも雨の降る夜更《よふ》けになってから」

「本人はもう期待していなかったかもしれませんね」

「最後の最後まで、意外なことは起きるものだわ」

解説「警察の嫌われ者」

中嶋博行

弁護士になって十五年が過ぎたが、いまでもたまに国選弁護をひきうけている。刑事法廷では時々、びっくりするような光景に出くわす。このまえなど、やたら若い女性が傍聴席をへだてる柵《さく》の内側、法廷に入り込み、私の対面（ようするに検察官席）にストンとすわった。「なんだこいつは？」と思って彼女の襟もとを見ると、白金の検察官バッチが光っていた。

いまや、司法試験合格者の若年齢化がすすみ、女子の割合も二割を超えている。法曹人口大増員もとどまらない。私のころは司法試験合格者は毎年五百人程度だったが、まもなく三千人になろうとしている。過当競争で弁護士の将来はまっくらだ。そのため、司法修習生の間では検察官の人気が急上昇した。全国の検察庁に童顔、幼顔の女性検事が次々と誕生している（もちろん、これはいいことなのだ）。

というわけで、いまでは女性検事など物珍しくないし、ミステリーやテレビの二時間ものにも彼女たちを主人公にしたドラマがあふれている。

しかし、約十八年まえの話となれば全然ちがう。夏樹静子がはじめて霞夕子シリーズを上梓《じょうし》したとき、女性検事の数は現実にも少なく、フィクションの世界ではほぼ皆無であった。この当時、霞夕子というキャラクターを創《つく》りあげた作者の先見性は見事で、後のミステリー界にあたえた影響も大きい（私も影響を受けたひとりといえる）。

なにより男性の検事ではなくて、女性検事という設定が「男女平等の時代」を先取りしている。検察官には法律上「独立の原則」が認められ、理念的にはいっさいの横ヤリを排除して、みずからの信念と正義にもとづいた捜査、公訴を遂行できる。当然、検事の職責は雇用均等法をもちだすまでもなく、男女同等であるから、霞夕子の仕事は「女性の自立」につうじるものがあるのだ。まさに、夏樹静子が描くにふさわしい作品であると思う。

本書は霞夕子シリーズの最新作で、四つの短編からなっている。

交通事故、自殺、怨恨《えんこん》など、私たちの日常にふりかかる、ありふれた事件の背後にかくされた周到な計画殺人を描いている。

たとえば第一話の冒頭、未亡人となった嫁が熟睡している義父の指にカミソリの刃を食い込ませる異様なシーンが提示される。この一見、不条理な行為が、実は合理的な伏線となってストーリー展開にむすびついていく。ここには伝統的な推理小説のエッセンスが凝縮されている。それだけではない。筆跡鑑定から最先端のＤＮＡ鑑定まで科学捜査のテクノロジーがちりばめられ、現代ミステリーとしての完成度も高い。

　そして、なによりも主人公がユニークだ。血にまみれた犯罪の捜査と正反対の人物像。お多福顔にゆるりとした口調で「そうだわねえ」とつぶやく霞夕子は、シャープさがもてはやされる現代検察にあって、かなりの異端な存在であろう。

　しかし、こうした外見にだまされてはいけない。逆に、おっとりした物腰こそが霞夕子の「武器」である。彼女の風貌《ふうぼう》と言葉づかいは人に安心感をあたえる。これは検察官にとって天性の才能といえる。一般に、検事という職業は相手をガンガンやりこめる仕事のように思われている。だが、実は人から上手に話を聞きだすのが本分なのだ。つまり、固く心を閉ざした被疑者が安心して、思わず本音をしゃべってしまうような人物をさして、優秀な検事という。その意味で、霞夕子の才能は群をぬいており、彼女が鬼刑事でも落とせない「難攻不落の被疑者」からすらすらと自白を引きだし、数々の難事件を解決していくのも十分にうなずける。

ただし、霞夕子の「現場好き」の性分は、警察から相当けむたがられていることはまちがいない。犯罪捜査の主導権をめぐる警察と検察の確執はぬきさしならないものがあって、私が出会った警察関係者はキャリア、ノンキャリアの区別なく全員、検察官が捜査現場に口だしするのを嫌っていた。

日本の警察には長年の「野望」があって、それは自分たちの捜査のテリトリーから検察を追いだし、法廷に閉じこめてしまうことだ。ようするに、アメリカ型の刑事捜査をつくりあげたいのである。アメリカでは犯罪捜査は現場の法執行機関が独占している。州事件は警察（ポリス）や保安官（シェリフ）が、連邦事件は連邦捜査官（FBI）がそれぞれ不可侵の領分をもち、検察官はいずれの場合も公判に専従する。

ところが、日本では検察官も捜査に関与できる。それだけでなく、検察の捜査指揮権というものがあって、法律上は、個々の検察官が警察の捜査を具体的に指揮することができる。警察も検察も似たようなお役所で、とくに、警察は巨大官僚組織である。彼らは捜査の第一人者という自負があるから、自分たちよりちっぽけな役所（検察庁）に命令されるのはガマンがならない。

たしかに、以前は、複雑な経理操作がからむ贈収賄《ぞうしゅうわい》疑獄など高度に専門的な事件は警察では手に負えず、検察とくに特捜検察の独壇場であった。が、いまでは警察も猛勉強しており、とくに警視庁の捜査二課（経済犯課）には東京地検特捜部に匹敵する専門捜査員がそろっている（らしい）。いまの警察にとって、いちいち捜査に口をだす検察官は歓迎されない存在なのである。

本書に登場する気のいい刑事たちも、内心では、捜査の第一線にしゃしゃりでてくる女検事をうっとうしく思っているはずだ。が、霞夕子の方は一向に気にしない。例の調子で「筆跡鑑定はおやりになったほうがいいんじゃないですかしら」などと、捜査の方向づけをやんわりきめてしまう。

彼女、本当に、優秀な検察官である。

（平成十五年九月、弁護士・作家）

この作品は平成十二年九月新潮社より刊行された。

（本書に収められている物語は、全て作者のフィクションによるもので、実在の人物、職業その他に一切関わりありません）

夏樹静子著

東京駅で消えた

東京駅霊安室で男性の死体が発見された。続いて構内のホテルの非常階段から若い女性の死体も……。連続殺人の意外な背景が現れる。

夏樹静子著

デュアル・ライフ

若き日の過ちは償うことができるのか。贖罪の旅に出た男、一人で生きてきた女。20年ぶりの再会から始まった二重生活の意外な結末。

夏樹静子著

花を捨てる女

夫に恋人がいると知った時、あなたは？　絶望の迷路から女たちが仕掛ける、繊細で大胆な殺人の罠。愛に迷う女たちの心の襞を暴く。

夏樹静子著

乗り遅れた女

もしかしたら犯人は私だったかもしれない……日常に潜む6編の夢魔。完璧なアリバイ崩しと快いミスリードをお楽しみください。

夏樹静子著

腰痛放浪記　椅子がこわい

苦しみ抜き、死までを考えた闘病の果ての信じられない劇的な結末。3年越しの腰痛は、指一本触れられずに完治した。感動の闘病記。

永井するみ著

樹　縛

秋田杉の樹海で発見された男女の白骨死体。心中と思われた二人の背景には、杉建材をめぐる恐るべき企みが隠されていた……。

梶尾真治著
黄泉がえり
会いたかったあの人が、再び目の前に――。死者の生き返り現象に喜びながらも戸惑う家族。そして行政。「泣けるホラー」、一大巨編。

有栖川有栖ほか著
大密室
緻密な論理で構築された密室という名の魔空間にミステリ界をリードする八人の若手作家と一人の評論家が挑む。驚愕のアンソロジー。

有栖川有栖文
磯田和一画
有栖川有栖の密室大図鑑
「密室」とは、不可能犯罪を可能にするための想像力の冒険。古今東西の密室40を厳選、イラストと共にその構造を探るパノラマ図鑑。

綾辻行人著
霧越邸殺人事件
密室と化した豪奢な洋館。謎めいた住人たち。一人、また一人…不可思議な状況で起る連続殺人！ 驚愕の結末が絶賛を浴びた超話題作。

綾辻行人著
殺人鬼
サマーキャンプは、突如現れた殺人鬼によって地獄と化した――驚愕の大トリックが仕掛けられた史上初の新本格スプラッタ・ホラー。

綾辻行人著
殺人鬼Ⅱ
―逆襲篇―
双葉山の大量殺人から三年。血に飢えた怪物が、麓の病院に現われた。繰り広げられる凄惨な殺戮！ 衝撃のスプラッタ・ミステリー。

西村京太郎著

丹後　殺人迷路

容疑者として浮上したのは、昨年焼身自殺した男だった――。十津川警部を愚弄する奇怪な連続予告殺人の謎と罠。長編ミステリー。

西村京太郎著

猿が啼くとき人が死ぬ

スキャンダルを嗅ぎつけた雑誌記者が殺された。そのときなぜか猿の啼き声が聞こえたという。十津川警部は冷酷な事件に震撼した。

西村京太郎著

神戸　愛と殺意の街

水際立った手口で、次々に現金を奪取する〈神戸の悪党〉。彼らが心に秘めた計画は――。十津川警部が知力を尽くして強敵と闘う！

西村京太郎著

京都　恋と裏切りの嵯峨野

「私は、彼を殺します」美女の残したメッセージ。京都で休暇中の十津川警部が、哀しい事件に巻きこまれる。旅情豊かなミステリー。

西村京太郎著

箱根　愛と死のラビリンス

時価数億円の幻の名画。その行方を暗示するような謎の数え唄が招く連続殺人。暴走する欲望のゲームの仕掛け人を十津川警部が追う。

西村京太郎著

災厄の「つばさ」１２１号

山形新幹線に幾度も乗車する妖しい美女。彼女が旅に誘った男たちは、なぜ次々と殺されてゆくのか？　十津川警部、射撃の鬼に挑む。

乃南アサ著　再生の朝

品川発、萩行きの高速バス。暴風雨の中、走る密室が恐怖の一夜の舞台に。殺人者・乗務員・乗客の多視点で描いた異色サスペンス。

乃南アサ著　死んでも忘れない

誰にでも起こりうる些細なトラブルが、平穏だった三人家族の歯車を狂わせてゆく……。現代人の幸福の危うさを描く心理サスペンス。

乃南アサ著　凍える牙　直木賞受賞

凶悪な獣の牙——。警視庁機動捜査隊員・音道貴子が連続殺人事件に挑む。女性刑事の孤独な闘いが圧倒的共感を集めた超ベストセラー。

乃南アサ著　女刑事音道貴子　花散る頃の殺人

32歳、バツイチの独身、趣味はバイク。かっこいいけど悩みも多い女性刑事・貴子さんの短編集。滝沢刑事と著者の架空対談付き！

乃南アサ著　行きつ戻りつ

家庭に悩みを抱える妻たちは、何かを変えたくて旅に出た。旅先の風景と語らいが、塞いだ心を解きほぐす。家族を見つめた物語集。

乃南アサ著　涙（上・下）

東京五輪直前、結婚間近の刑事が殺人事件に巻込まれ失踪した。行方を追う婚約者が知った慟哭の真実。一途な愛を描くミステリー！

帚木蓬生著

臓器農場

新任看護婦の規子がふと耳にした「無脳症児」のひと言。この病院で、一体何が起こっているのか――。医療の闇を描く傑作サスペンス。

帚木蓬生著

閉鎖病棟

山本周五郎賞受賞

精神科病棟で発生した殺人事件。隠されたその動機とは。優しさに溢れた感動の結末――。現役精神科医が描く、病院内部の人間模様。

帚木蓬生著

空《くう》の色紙

妻との仲を疑い、息子を殺した男。その精神鑑定をする医師自身も、妻への屈折した嫉妬に悩み続けてきた。初期の中編3編を収録。

帚木蓬生著

ヒトラーの防具（上・下）

日本からナチスドイツへ贈られていた剣道の防具。この意外な贈り物の陰には、戦争に運命を弄ばれた男の驚くべき人生があった！

帚木蓬生著

逃亡（上・下）

柴田錬三郎賞受賞

戦争中は憲兵として国に尽くし、敗戦後は戦犯として国に追われる。彼の戦争は終わっていなかった――。「国家と個人」を問う意欲作。

帚木蓬生著

安楽病棟

痴呆病棟で起きた相次ぐ患者の急死。新任看護婦が気づいた衝撃の実験とは？　終末期医療の問題点を鮮やかに描く介護ミステリー！

宮部みゆき著

魔術はささやく

日本推理サスペンス大賞受賞

それぞれ無関係に見えた三つの死。さらに魔の手は四人めに伸びていた。しかし知らず知らず事件の真相に迫っていく少年がいた。

宮部みゆき著

レベル7《セブン》

レベル7まで行ったら戻れない。謎の言葉を残して失踪した少女を探すカウンセラーと記憶を失った男女の追跡行は……緊迫の四日間。

宮部みゆき著

返事はいらない

失恋から犯罪の片棒を担ぐにいたる微妙な女性心理を描く表題作など6編。日々の生活と幻想が交錯する東京の街と人を描く短編集。

宮部みゆき著

龍は眠る

日本推理作家協会賞受賞

雑誌記者の高坂は嵐の晩に、超常能力者と名乗る少年、慎司と出会った。それが全ての始まりだったのだ。やがて高坂の周囲に……。

宮部みゆき著

淋しい狩人

東京下町にある古書店、田辺書店を舞台に繰り広げられる様々な事件。店主のイワさんと孫の稔が謎を解いていく。連作短編集。

宮部みゆき著

火車

山本周五郎賞受賞

休職中の刑事、本間は遠縁の男性に頼まれ、失踪した婚約者の行方を捜すことに。だが女性の意外な正体が次第に明らかとなり……。

阿刀田高著　夢判断

夢の予見性とは？　赤い色の夢を見ると、その夢が必ず実現されるという青年の話「夢判断」など、意表をつく恐怖と笑いの傑作14編。

阿刀田高著　危険な童話

〝赤頭巾ちゃん〟の世界になぞらえて、人間心理の奥に潜む狂暴な衝動を描く表題作など、夢と戦慄とウイットのミステリー10編。

阿刀田高著　あやかしの声

わけもなく他人に怖れられる恐怖。自分が誰か分からなくなる恐怖。悪い予感が的中する恐怖。名手が語る奇妙な色合いの恐怖11種。

阿刀田高ほか著　七つの怖い扉

足を踏み入れたら、もう戻れない。開けるも地獄、開けぬもまた地獄――。当代きっての語り部が、腕によりをかけて紡いだ恐怖七景。

阿刀田高著　花あらし

花吹雪の中、愛しい亡夫と再会する表題作、皇女アナスタシアに材を取った不気味な感触の「白い蟹」など、泣ける純愛ホラー12編。

北森鴻著　凶笑面
―蓮丈那智フィールドファイルI―

封じられた怨念は、新たな血を求め甦る――。異端の民俗学者・蓮丈那智の赴く所、怪奇な事件が起こる。本邦初、民俗学ミステリー。

赤川次郎著　死者におくる入院案内

検死の依頼に来た殺人事件の被害者、私だけが知っている殺人者の気配……。外科から法医学教室まで巧みなメスさばきのサスペンス。

赤川次郎著　勝手にしゃべる女

叔母の薦める見合の相手。その人はなぜかいつも日曜日の夜九時ちょうどに、叔母の家にやってくるという……。奇抜な展開の26編。

赤川次郎著　遅刻して来た幽霊

新入社員の男とその上司がたて続けに自殺した。はたして祟りは本当にあるのか？　謎が謎を呼ぶ怪事件の真相にＯＬコンビが挑む！

赤川次郎著　幽霊屋敷の電話番

一家心中があった屋敷で、壊れた電話が鳴り出した。受話器をとると女の声が！　電話が引き起こす不思議な事件を描いた作品集。

赤川次郎著　駆け込み団地の黄昏

家庭内暴力や学校でのいじめから逃れてきた人々が暮らすユートピア。そこに現職大臣の妻が逃げ込んできたために思わぬ事件が……。

赤川次郎ほか著　ミステリー大全集

赤川次郎、佐野洋、栗本薫、森村誠一ら13人の人気作家が趣向をこらした13編に、各作家のプロフィールを加えたミステリー決定版！

岡嶋二人著

クラインの壺

僕の見ている世界は本当の世界なのだろうか、それとも……。疑似体験ゲームの制作に関わった青年が仮想現実の世界に囚われていく。

逢坂剛著

さまよえる脳髄

女性精神科医・南川藍子と、深層心理や大脳に傷を持った3人の男たち。精神医学の最先端を大胆に取り入れた異色ミステリー。

逢坂剛著

熱き血の誇り（上・下）

白濁した内臓、戦国哀話、追われるフラメンコ歌手、謎の新興宗教。そして、静岡、スペイン、北朝鮮……。すべてを一本の線が結ぶ超大作。

小野不由美著

東京異聞

人魂売りに首遣い、さらには闇御前に火炎魔人、魑魅魍魎が跋扈する帝都・東京。夜闇で起こる奇怪な事件を妖しく描く伝奇ミステリ。

小野不由美著

屍鬼（一〜五）

「村は死によって包囲されている」。一人、また一人、相次ぐ葬送。殺人か、疫病か、それとも……。超弩級の恐怖が音もなく忍び寄る。

奥泉光著

『吾輩は猫である』殺人事件

苦沙弥先生横死！　寒月失踪！　猫も人も上海に集結し、壮大な謀議の渦に巻き込まれる。日本文学の運命を変えた最強のミステリー。

中平邦彦著

パルモア病院日記
―三宅廉と二万人の赤ん坊たち―

わが国初の周産期病院を設立して、産科と小児科の谷間で軽視されてきた新生児医療に半生を捧げた、医師三宅廉の30年の活動を描く。

梨木香歩著

裏庭
児童文学ファンタジー大賞受賞

荒れはてた洋館の、秘密の裏庭で声を聞いた――教えよう、君に。そして少女の孤独な魂は、冒険へと旅立った。自分に出会うために。

梨木香歩著

西の魔女が死んだ

学校に足が向かなくなった少女が、大好きな祖母から受けた魔女の手ほどき。何事も自分で決めるのが、魔女修行の肝心かなめで……。

梨木香歩著

からくりからくさ

祖母が暮らした古い家。糸を染め、機を織る、静かで、けれどもたしかな実感に満ちた日々。生命を支える新しい絆を心に深く伝える物語。

中山可穂著

サグラダ・ファミリア［聖家族］

響子と透子。魂もからだも溶かしあった二人は、新しい〝家族〟のかたちを探し求める――。絶望を超えて再生する愛と命の物語。

中山庸子著

心がだんだん晴れてくる本

小さな落ち込みに気づいたら、ため息をつく日が続いたら、こじらせる前に一粒ずつ読んで下さい。このエッセイはよく効きます。

検事《けんじ》 霞夕子《かすみゆうこ》 夜《よ》更《ふ》けの祝電《しゆくでん》

新潮文庫 な－18－11

平成十五年十一月一日発行

著者 夏《なつ》樹《き》静《しず》子《こ》

発行者 佐藤隆信

発行所 株式会社 新潮社

郵便番号 一六二―八七一一
東京都新宿区矢来町七一
電話 編集部(〇三)三二六六―五四四〇
読者係(〇三)三二六六―五一一一
http://www.shinchosha.co.jp

価格はカバーに表示してあります。

乱丁・落丁本は、ご面倒ですが小社読者係宛ご送付ください。送料小社負担にてお取替えいたします。

印刷・大日本印刷株式会社 製本・株式会社大進堂

ISBN4-10-144311-4 C0193